버려지는 시간은 없다

유튜버 '돈많은언니' 염미솔의 신앙 에세이

버려지는 시간은 없다

염미솔 지음

RHK
알에이치코리아

추천의 글

'돈' 많은 언니인 줄만 알았는데 '믿음' 많은 언니였다. 뻔한 자기계발서가 아니라 편편한 인생계발서다. 돈이냐 믿음이냐 둘 중 하나를 선택하라고 말하는 시대에, 솔로몬의 지혜로 돈에 대한 우리의 생각을 성경적으로 바꾸어준다. 복음을 살아내며, 하나님의 일하심을 삶으로 증명한 그녀의 이야기는 많은 이에게 큰 울림과 도전이 될 것이다. 무엇보다 남편을 가정의 제사장으로 세워가는 현숙한 아내인 그녀를 '믿음의 평강공주'라 부르고 싶다. 하나님의 은혜를 사모하고 경험하고자 하는 모든 분에게 이 책을 기쁜 마음으로 추천한다.

이계원, 원천교회 대표 목사

사람은 무언가로 아무리 채우고 채워도 완전히 채울 수 없는 존재다. 가난할 때는 하나님께 간절히 간구하며 필요를 채워달라고 부르짖지만, 어느덧 살 만한 수준이 되면 또다시 무언가로 삶을 채우려고 하는 것이 인생이다. 그러나 그 채움 끝에는 허무함과 목마름뿐이며, 또 다른 무언가를 구할 수밖에 없다. 염미솔 작가는 이 책에서 본인의 가난을 어떤 방식으로 극복하여 성공했다고 결론 맺은 것이 아니라, 그 이후 영원히 목마르지 않는 것으로 어떻게 본인의 삶을 채워가고 있는지 그 여정을 진술하고 자세히 기록했다. 자신만의 노력과 비결, 대단한 성과로 결론짓는 시중의 자기계발서와 구별되는 지점이다.

혹시 지금 부와 풍요로운 삶을 원하고 있다면, 저자의 삶을 통해 꿈을 품고 열심히 도전할 용기를 얻을 수 있을 것이다. 다만 인생은 그것에서 끝나지 않고 이후 무엇을 위해 살아야 할지 고민하는 삶으로 이어지게 마련이다. 나는 그 이후의 삶에 대한 해답까지 찾고 싶은 이들에게 오늘 이 책을 강력히 추천한다. 독자들은 크리스천이든 넌크리스천이든 세상 모든 사람에게 허락된 하나님의 일반 은총으로 얻을 수 있는 노력의 결과를 정확하게 볼 수 있는 한편, 영혼의 마르지 않는 샘물도 경험하게 될 것이다.

현승원, (주)디쉐어 의장, 유튜브 〈현승원TV〉 운영자

인생이란 자신의 문제를 개선하고 발전시켜 가는 여행 같다는 생각이 든다. 《버려지는 시간은 없다》를 읽으면서, 그 여행이 얼마나 다채롭고 풍요로울 수 있는지 새삼 깨달았다. 이 책은 단순한 자기계발서가 아니다. 신앙과 성공 그리고 이 두 가지가 공존하는 삶을 살아낸 저자의 이야기가 진솔하게 담겨 잔잔한 감동을 불러일으킨다. 독자들도 책을 통해 자신의 삶에 대한 새로운 시각과 이해는 물론, 삶의 다양한 측면에서 자신의 성장을 위한 성경적 원리를 발견하게 될 것이다.

주언규, 유튜브 〈주언규 joo earn gyu〉 운영자(구. 신사임당)

| 일러두기 |

이 책에 인용한 성경 구절은 대한성서공회의 〈개역개정판〉을
참조하였음을 밝힙니다.

완벽한 자기계발서

내가 고등학생이 되던 그해, 부모님은 신용불량자가 되었다. 셋방, 쪽방, 반지하를 전전하며 우리는 가난이란 세계에 내던져졌다. 밤마다 걸려오는 빚 상환 독촉 전화에 얼마 남지 않은 살림살이에도 압류 딱지가 붙을지도 모른다는 불안이 공기처럼 깔린 나날이었다.

끔찍한 가난에서 벗어나고 싶었다. 부자는 꿈도 꾸지 않을 테니 그저 남들만큼만 평범하게 살게 해달라고 기도했다. 엄마의 한숨 소리가 더는 들리지 않기를, 그저 내 삶이 불안으로부터 해방되기를 원했다. 당시 엄마는 가사도우미 일을 하고 계셨는데, 어느 주말 아침 엄마에게 한 통의 전화가 걸려왔다.

"아주머니, 기분 나쁘게 듣지 마세요. 저희 집에서 반지가 하나 없어져서 경찰에 신고했어요. 아주머니한테도 경찰서에서 전화가 한 통 갈 거예요. 집에 들어왔다 나간 모든 사람을 대상으로 조사가 진행된다고 하니, 참고하시라고요."

말투는 조심스러웠지만, 명확한 의도가 느껴졌다. 전화를 끊고 난 엄마는 한동안 멍하니 계셨고, 곁에 있던 나는 흥분을 가라앉히지 못하고 언성을 높였다.

"아니, 사람을 뭘로 보고! 도대체 누굴 의심하는 거야, 이 여자 제정신이야?"

엄마는 수화기를 들고 다시 상대에게 전화를 걸었다. 혹시 본인이 의심되어서 이런 전화를 한 거라면 큰 실수를 하신 것 같다고. 그런데 정말 절망적이고도 슬픈 일은 따로 있었다. 엄마를 도둑으로 의심한 그 여자에게 화가 나고 이 상황이 억울해 길길이 날뛰던 나의 머릿속에, '그런데 혹시…?' 하는 말도 안 되는 생각이 스쳤다는 것이었다.

이것이 가난의 현실이다. 가난은 사람을 비참하게 만들고, 주눅들게 만들며, 그 어떤 것에도 확신을 갖지 못하게 만든다. 가난은 불행 그 자체다. 돈이 없어도 행복한 삶이란, 적어도 내게는 불가능한 일이었다. 의지할 곳이 없었던 그 시절, 나는 "하나님, 제발 돈 좀 주세요"라고 기도했다.

그로부터 10여 년이 흐른 뒤, 내 통장에는 월 1억 5,000만 원 가까이가 들어오기 시작했다. 대학 졸업 후 비정규직으로 일하며 매월 40만 원을 받던 때에 비하면, 360배에 달하는 축복을 받은 셈이다. 이로써 내 삶에도 '경제적 안정'이 찾아왔다. 신의 직장으로 불리던 곳에서 일하던 남편을 퇴사시키고, 일곱 살짜리 딸애가 원하는 것을 액수의 많고 적음이 아닌 필요를 기준으로 사줄 수 있는 엄마가 되었다.

내 밥그릇 챙기기도 힘들어 그저 나 하나 잘 먹고 잘사는 것을 인생의 목표로 삼았던 내가, 이제는 오병이어의 기적을 일으키는 사람이 되길 꿈꾸고 있다. '하나님의 은혜'라는 표현을 제외하고는 설명할 수 없는 놀라운 반전이다.

나는 무신론자와 결혼했다. 다행히 이제 남편은 누구보다 하나님을 알기 위해 노력하는 현재진행형 크리스천이 되었는데, 어느 날 성경 일독을 마친 그가 말했다.

"이거, 완벽한 자기계발서인데?"

신성한 하나님의 말씀을 어떻게 자기계발서에 비할 수 있을까 싶던 찰나, 그가 말을 이었다.

"내가 그동안 성공에 관한 동기부여 영상이나 부자가 되는 방법을 알려주는 책을 정말 많이 봤잖아. 그런데 그런 내용이 다 성경에서 출발하는 것 같아. 예수님이 하라는 거 열심히 하고 하지 말라는 거 안 하면 인생 성공할 수 있겠는데? 그게 돈이든 인간관계이든, 뭐든 말이야. 내가 10년 넘게 옆에서 자기를 지켜보면서 도대체 저 사람이 저렇게 열심히 일하고 생활할 수 있는 힘은 어디에서 나오는 걸까, 분명 엄청나게 힘들 텐데 지치지 않고 계속 성장할 수 있는 원동력이 무엇일까, 진짜 궁금했거든? 근데 이제 알겠어, 바로 하나님이었네!"

그렇다. 내 인생은 하나님을 빼놓고 설명할 길이 없다. 물론 하나님과 함께하는 삶이 반드시 세상적인 성공과 부를 보장하는 것은 아니다. 신앙의 깊이나 열심과 달리 척박한 환경과 어려운 처지에 놓여 있는 이들도 많다. 과거의 내가 그랬듯 말이다. 하지만 분명한 것은 하나님이 우리 각 사람을 향한 완벽한 계획을 가지고 있다는 사실이다. 그것이 언제일지 확실히 알 순 없지만, 그의 보살핌은 반드시 우리 삶 곳곳에 드러난다. 태초부터 우리를 위해 계획하신 하나님의 로드맵에 따라 가장 완벽한 타이밍에 말이다.

† 은사는 여러 가지나 성령은 같고 직분은 여러 가지나 주는 같으며 또 사역은 여러 가지나 모든 것을 모든 사람 가운데서 이루시는 하나님은 같으니 각 사람에게 성령을 나타내심은 유익하게 하려 하심이라 이 모든 일은 같은

하나님은 각 사람의 모양대로, 믿음대로 역사하시며 그것을 이루시는 분이다. 내가 지독한 가난에서 벗어나 사업을 하며 성장해 온 비결도 오직 하나님 안에서만 찾을 수 있다. 나의 시련과 고통, 결핍, 가난까지도 하나님은 그분의 계획을 성취하는 재료로 쓰셨다. 그래서 나는 주 안에서 버려지는 시간은 없다고 고백하게 되었다.

가난한 나를 하나님 나라의 청지기로 불러주신 반전의 하나님을 알고 싶은 이들을 위해, 이 책에 내가 경험한 신의 로드맵을 소개하고자 한다. 욕심을 부리자면, 하나님을 믿지 않아도 이 세상에서 인정받고 싶은 사람, 또 자신의 성장을 통해 부자가 되고 싶은 사람에게 이 책이 '창조자의 성장 로드맵'으로 다가갔으면 하는 바람이다.

2023년 7월, 염미솔

Chapter 1.

360배의 축복

가난이 덮친 삶

어느 날, 이사를 해야 한다고 했다. 야반도주와 다를 게 없었다. 친구들과의 헤어짐에 아쉬워할 겨를도 없이 대전 시내에 있던 우리 삶의 터전은 '연무대'라는 시골로 옮겨졌다. 이삿날, 앞으로 살게 될 집을 처음 보았다. 500m 간격으로 집이 1채씩 있을까 싶은 외진 시골의 한 주택이었다. 주택 앞뒤로는 넓은 잔디밭이 있고 집 앞에는 아름드리나무도 한 그루 있었다. 주변에는 온통 산과 들뿐이었지만, 집만 보면 그리 나쁘지 않아 보였다.

하지만 예상과 달리 우리 가족이 거주할 곳은 정면에 보이는 예쁜 주택이 아니라, 그 집 옆에 창고처럼 딸린 별채였다. 현관문을 열고 들어가면 바로 거실이었다. 왼쪽에는 미닫이문이 달린 조그마한 부엌이 있었고, 오른쪽엔 방이 하나 있었다. 주방과 거실, 안방. 이렇게 단순한 구조로 된 곳이 새로 살 집이었다.

당연히 나는 거실에서 생활해야 했다. 3~4평짜리 거실 한쪽에 놓인 싱글 침대와 책상. 그곳이 내 방이었다. 건설업에 종사하시는 아빠, 이사와 함께 고깃집에서 일하기 시작한 엄마. 그래서 학교 수업이 끝나고 돌아오면 항상 집이 비어 있었다. 그래도 내가 처한 현실이 남에게 부끄럽진 않았던 것 같다. 비어 있는 집에 친구들을 데려와 밥도 해 먹고 TV를 보며 함께 놀았던 걸 보면 말이다. 다행이라면, 친구 중 단 한 명도 "너희 집은 왜 이렇게 작아?"라고 묻지 않았다는 것이다. 당시 친구들은 내 기준에서 대궐 같은 아파트에 살았는데도 말이다.

신용불량자가 되다

내가 막 고등학교에 입학했던 해, 건설업에 종사하시던 아빠가 몇 개월간 임금을 받지 못하셨다. 업체 측에서는 기약 없는 말만 내뱉었고, 6개월이 지나도록 돈이 들어오지 않았다. 지극히 평범했던 서민 가정에 6개월은 버티기 힘든 시간이었다. 그사이 생활비가 없던 엄마는 신용카드를 사용하셨다. 한 달이 두 달이 되고 두 달이 석 달이 되면서 카드값이 파도처럼 밀려왔다. 결국 카드 돌려막기로 한 달 한 달 위기를 넘겼다.

고작 6개월 임금체불에 집안이 휘청거릴 정도가 되다니, 누군가에겐 이해되지 않을 수도 있다. 생활비보다 더 큰 문제는 대출금이었다. 포클레인 기사로 오랜 시간 일하셨던 아빠는 큰마음 먹고 8,000만 원가량 하는 중고 포클레인을 구매하신 터였다. 어쩌면 월급쟁이 기사로 계속 회사에 적을 두고 일했다면 나았을지 모르겠다. 하지만 자기 소유의 포클레인으로 일을 따내야 하는 상황에서 임금체불은 문제가 컸다. 매달 나가야 하는 대출금만 수백만 원이었다. 그러니 시간이 지날수록 빚이 눈덩이처럼 불었다. 엄마는 어쩔 수 없이 카드론까지 사용하게 되었고 몇 개월이 지나자 카드 연체가 시작되었다.

카드사 채권팀은 상당히 지능적이었다. 어떻게 해야 사람을 심리적으로 압박할 수 있는지 너무나 잘 알고 있었다. 당시 엄마는 동네 고깃집에서 식당 일을 하셨는데 밤 10시가 넘어야 일이 끝났다. 채권팀은 주로 늦은 밤에 전화했다. "고객님, 빠른 상환 부탁드립니다"와 같은 친절한 멘트는 어디에도 없었다. 채권팀에게 우리 엄마는 고객에서 빚쟁이로 순식간에 전락했고, 빚쟁이에게 걸맞은 대우가 이어졌다.

학교 수업이 끝나면 나는 식당에 들러 기다리다가 엄마와 함께 퇴근했는데, 카드사 채권팀의 전화를 받는 엄마의 모습을 볼 때마다 마음의 불안이 커졌다. 드라마에서 보던 것처럼, 언제라도 힘센 장정들이 집에 쳐들어와 우리 집 살림살이에 빨간 딱지를 붙이는 일이 일어날 것만 같았다. 하루는 혼자 집에 앉아서 가재도구 하나하나에 가격을 매겨보며 채권팀에서 이걸 가져다 팔면 얼마나 될까 계산해 보기도 했다.

건설업체는 시간이 한참 지나도록 임금을 주지 않았고,

결국 아빠는 소송을 시작하셨다. 민사소송으로 진행되었기에 돈을 돌려받기까지도 몇 년이 걸렸는데, 그마저 돈을 소액으로 쪼개 받을 수밖에 없었다. 이는 가계에 전혀 도움이 되지 않았고, 그사이 부모님은 신용불량자가 되었다.

무더운 여름날이었다. 당시 나는 교복을 입고 있었다. 수업이 끝난 후였거나 방학 자율학습이 끝난 후였던 것 같다. 나는 엄마의 손을 잡고 대전의 신용회복위원회를 찾았다. 번호표를 뽑고 우리 순번을 기다리는 동안 입이 바싹바싹 말랐다. 더는 방법이 없었다. 선택할 수 있는 최후의 수단이었다. 엄마와 나는 잔뜩 몸을 웅크린 채로 직원 앞에 앉았다. 그가 우리 집 빚을 해결해 주는 것도 아니고 그저 정해진 절차에 따라 개인 회생을 도와주는 것뿐인데도, 죄인이라도 된 양 그의 눈을 똑바로 볼 수 없었다.

다행히 신용회복위원회는 여러 카드사와 금융기관 이곳저곳에 흩어져 있던 빚을 하나로 모아주었고, 어느 정도의 빚을 탕감해 주었다. 하지만 그 뒤에도 우리 부모님은 신용불량자 신세로 10년간 남은 빚을 상환했다.

가난과 믿음의
상관관계

내가 중학생일 때까지는 우리 집도 꽤 살 만한 수준이었다. 풍요롭진 않았으나 부족할 것도 없었다. 당시 부모님은 20평대 신축 빌라를 한 채 장만하셨는데, 학교 수업이 끝나면 나는 친구들과 함께 우르르 집에 들어가 신나게 놀았고 엄마는 우리에게 맛있는 저녁을 차려 주셨다. 식사를 마치면 냉장고 한가득 채워진 아이스크림을 친구들과 나눠 먹으며 "얘들아, 내일 또 놀러와!"라고 하던 그 시절 모습이 지금도 생생하다.

나는 욕심이 많아 공부를 꽤 잘했다. 초등학교 때부터 중학교 때까지 항상 반장을 도맡았고 엄마는 반 친구들에게 한 번씩 아이스크림과 햄버거를 사다 주셨다. 나는 친구들과도 원만하게 지내고 선생님들께도 사랑받는 학생이었다.

교회 부엌데기 우리 엄마

엄마는 대부분의 시간을 교회에서 보내셨다. 물론 엄마도 이런저런 일을 하셨는데, 일하는 시간을 제외하곤 늘 교회에서 봉사하셨다. 주일예배뿐만 아니라 수요예배, 금요철야를 한 주도 빠짐없이 참석하시고 토요일에도 교회에 들러 다음날 설교 준비를 하시는 목회자들을 위해 주방에서 밥을 하셨다. 그러면서도 엄마는 단 한 번도 생색내는 일이 없었다. 오랜 시간 식당을 운영하셨을 만큼 음식 솜씨가 좋았는데, 그것이 하나님께서 자신에게 주신 유일한 달란트라 여기며 기꺼이 교회 부엌데기를 자처하셨다.

내가 어린 시절 교회에서는 주일예배 후 교인들에게 점심을 주었는데, 엄마는 작은 개척교회부터 300명 이상의 교인이 출석하는 중형 교회에 이르기까지 다니던 교회에서 한 주도 빠짐없이 교회 주방에서 밥을 했다. 교인들이 식사를 마치고 집으로 돌아가면 엄마는 설거지까지 끝내고 주방을 반짝반짝하게 닦은 뒤에야 집으로 돌아가시곤 했다. 이러한 이유로 나는 매 주일 늦은 오후까지 교회에 남아 있는 아이였다. 돌이켜보면 어린 시절 부모님과 1박 2일로 주말여행을 간 기억이 없다. 엄마는 그 어떤 것도 간섭하지 않을 만큼 모든 결정을 내 자율에 맡겨 주셨지만, 주일성수는 결코 양보하지 않을 만큼 신앙에 있어서는 확고하셨다. 명절이 되어 외가에 가면 이모와 삼촌들 모두 하나님에 관해 이야기했고, 가족예배는 물론 통성으로 방언(성령의 선물 중 하나로, 세상의 언어가 아닌 영적인 언어) 기도까지 할 정도로 온 집안이 독실한 기독교 신앙을 가지고 있었다.

흔들리지 않는 신앙

우리 집에 가난이란 풍파가 몰아닥쳤던 동안에도 신앙생활은 이어졌다. 여전히 엄마는 내게 주일성수를 강조하셨고, 내가 머리가 커지면서 혹여 하나님과 멀어질까 봐 오히려 신앙적인 부분에서는 더욱 엄격하셨다. 아주 가끔은 주일 아침 늦잠을 자고 싶어 꾀병을 부리기도 했으나, 학교라면 몰라도 오히려 교회만큼은 무조건 가야 했다. 심지어 열이 펄펄 끓고 아플 때도 엄마는 교회에 가서 하나님께 기도하면 나을 거라며 더욱 발걸음을 재촉하시곤 했다.

삶은 무너졌을지언정 엄마의 신앙에 기복은 찾아볼 수 없었다. 생활력은 물론 심지도 강했던 엄마는 평소 눈물을 보인 적이 없었는데, 기도하실 때만큼은 엉엉 우셨다. 하나님만이 엄마의 유일한 피난처였던 것 같다. 독실한 엄마의 모습은 당연히 내게도 영향을 미쳤다. 모태 신앙인으로 믿음에 대한 한 치의 의심도 없이 자란 덕분에, 교회는 내게 제2의 집 같은 곳이었다. 학교 친구들보다 교회 친구들과 더 많은 시간을 보냈고, 찬양팀을 하며 주말 내내 친구들과 교회에서 지내며 일주일에 한 번은 전도사님과 노방전도를 다녔다. "예수 믿으세요, 예수 믿으세요! 예수 천국 불신 지옥!" 같은 표어를 목청이 터져라 외치며 전도지를 돌렸다. 창피하거나 부끄럽지도 않았다.

초등학교 6학년 무렵 방언의 은사를 받았다. 그 후로는 기도 시간이 즐거웠다. 매일 밤 9시부터 시작되는 저녁기도회에 나가 11시까지 기도하는 일상이 이어졌다. 신앙의 열정이 넘쳤던 전도사님 덕분에 나뿐만 아니라 많은 주일학교 친구와 언니 오빠 들이 함께 모여 기도했다. 기도회가 끝나면 전도사님은 우리를 교회 승합차 가득 태우고 한 명 한 명 집까지 데려다주셨다. 그럼 그 시간이 또 왜 그렇게 좋았는지, 큰소리로 찬양을 부르며 우리만의 작은 부흥회가 차 안에서 이어지곤 했다.

하나님은 가난한 자를 사랑하신다?

신앙적 성장이나 열심과 무관하게 우리 집은 어려워졌다. 아니, 가난해졌다. 내 삶은 점점 돈에 휘둘렸고 돈의 눈치를 보게 되었다. 하고 싶은 것이나 사고 싶은 것이 있어도 늘 돈 걱정이 앞섰다. 신용불량자로 전락한 부모님 아래에서 나는 일찍 철이 들 수밖에 없었고, 가난을 들키지 않기 위해 사람들 앞에서는 더 당당하고 자신감 있는 척 행동했다.

나는 겨울이 싫었다. 특히 눈이 내리는 날은 더욱. 신용불량자가 된 후로도 아빠는 계속 포클레인 일을 하셨는데 현장 일은 월급이 아닌 일당의 개념이라 일을 쉬게 되면 그 달엔 받을 수 있는 돈이 줄어들었다. 그런데 겨울엔 땅이 얼어 공사 현장마다 작업이 늦어지거나 못하게 되는 날이 많았다. 특히나 눈이 오는 날은 공식적으로 아빠가 일을 쉬는 날이었다. 엄마는 일기예보를 보다가 눈이 온다는 소식을 접하면 유독 예민해졌다. 그럼 덩달아 나까지 마음이 불안했다. 아빠의 휴일이 우리에겐 불편한 날이 되어버렸다.

신이 있다면 내 삶이 이래서는 안 되었다. 아니, 나는 그렇다 쳐도 우리 엄마의 삶이 이럴 순 없었다. 엄마는 내가 살면서 본 사람 중 가장 신실한 크리스천이었기 때문이다. 하지만 전지전능하다는 신의 보호 아래 우리 집은 너무 형편없었다.

나는 너무 빨리 철이 들었고 어린 시절 내겐 할 수 있는 일보다 해서는 안 되는 일의 리스트가 훨씬 많았다. 가진 것에 비해 나는 욕심이 너무 많고 셈이 빨랐다. 욕심만큼 채워질 수 없는 현실에 절망하며 이불을 뒤집어쓰며 울고 지샌 밤이 셀 수도 없었다.

갑작스레 치과 치료가 필요하거나 차를 수리해야 할 때, 가재도구가 고장 나 새로 장만해야 할 때처럼 예상 밖의 지출이 생길 때면 엄마는 친인척에게 전화해 돈을 빌렸고, 며칠간 엄마의 한숨 소리가 온 집안에 가득했다.

'돈으로 해결할 수 있는 문제가 가장 쉬운 일'이라는 말은 철저히 거짓이었다. 가난은 불편한 정도가 아니라 불행한 것이었다. 가난이 삶에 깊게 스며들수록 나는 성경 안에서 가난의 당위성을 찾기 시작했다.

✝ 가난하여도 성실하게 행하는 자는 부유하면서 굽게 행하는 자보다 나으니라 (잠언 28:6)

✝ 적은 소득이 공의를 겸하면 많은 소득이 불의를 겸한 것보다 나으니라 (잠언 16:8)

✝ 부하려 하는 자들은 시험과 올무와 여러 가지 어리석고 해로운 욕심에 떨어지나니 곧 사람으로 파멸과 멸망에 빠지게 하는 것이라 돈을 사랑함이 일만 악의 뿌리가 되나니 이것을 탐내는 자들은 미혹을 받아 믿음에서 떠나 많은 근심으로써 자기를 찔렀도다 (디모데전서 6:9~10)

구원과 가난이 당연한 상관관계에 있는 것처럼, 나는 가난은 믿음을 지키기 위한 필수 요소라 여겼다. 그러는 사이 내 잠재의식 속에 부자는 문제가 많은 사람, 행실이 비뚤어진 사람, 부정한 사람으로 점점 고착화되었다. 하나님은 가난한 자를 사랑하시고 부한 자를 노여워하실 거란 생각으로 울며 기도하면서 그런 나 자신에게서 위로를 얻곤 했다. 내면 깊은 곳에서는 하나님이 이런 내게 돈을 주시기를 간절히 바랐으면서 말이다.

시작된 광야 생활

        삼촌의 도움으로 첫 대학 등록금을 마련해, 당시 한남동에 위치한 단국대학교에 입학했다. 대학 생활은 나름 즐거웠으나 학벌에 만족할 수 없었다. 나는 1차 수시로 합격했는데 당시 1차 수시 합격생에겐 정시 기회가 박탈되기에 합격한 대학교에 무조건 등록해야 했고, 다른 학교에 가려면 재수를 선택하는 수밖에 없었다. 재수 뒷바라지는 꿈도 꿀 수 없는 환경이었기에 나는 울며 겨자 먹기로 단국대학교에 등록했다. 하지만 더 좋은 학교에 다니고 싶다는 열망이 좀처럼 잦아들지 않았다. 1학년이 끝나갈 무렵, 미국이나 캐나다, 호주 등으로 어학연수나 워킹 홀리데이를 가는 친구들이 많아졌다. 친구들처럼 영미권 나라에 가서 공부하고 싶었다. 하지만 매 학기 등록금도 감당하지 못하는 형편에서 터무니없는 생각이었다.

그래서 기도했다. 나를 지원해 줄 사람을 붙여 주시거나 장학 프로그램이 생기게 해달라고. 그런데 교회의 한 집사님께서 자신의 조카가 중국에서 어학연수를 하며 복단대학교 편입 준비를 하고 있다고 하셨다. 눈이 번쩍 뜨였다.

'영미권은 몰라도, 물가가 저렴한 중국이라면 갈 수 있지 않을까? 중국에서 1년간 어학연수를 마치고 북경대학교나 복단대학교에 편입한 뒤 유엔에서 일할 수 있다면?'

심장이 두근두근 뛰었다. 우리 집 사정은 빤히 알고 있었지만 딱 300만 원만 만들어 달라며 엄마를 졸랐다. 울었다, 삐쳤다, 원망하기를 반복하는 내게 엄마가 결국 백기를 들었다. 엄마는 청도해양대학교의 한 학기 등록금과 기숙사비

그리고 한 달 생활비를 마련해 주셨고, 2007년 나는 중국으로 향했다. 그렇게 나의 광야 생활이 시작되었다.

몇 날 며칠 발악한 끝에 어렵게 오게 된 중국이었으나, 말도 통하지 않는 상태로 학교 등록을 마치고 기숙사 방에 도착한 첫날, 후회가 몰려왔다. 큰 비전과 계획을 품고 있었으나 낯선 땅이 주는 두려움과 미래에 대한 불안감이 순식간에 내 안에 공포로 자리 잡았다.

중국으로 출발하기 전 학교에 자퇴서를 냈다. 휴학도 아닌 자퇴를 선택한 건, 퇴로를 차단하겠다는 나의 강한 의지의 표현이었다. 하지만 중국에 도착한 첫날, 나는 동기생에게 바로 전화했다. 자퇴생이 재입학할 수 있는 방법이 있는지 알아봐 달라고 말이다. 한 학기만 끝나면 다시 한국으로 돌아가리라, 우선 6개월만 버텨보자!

하나님의 메추라기

청도는 로스앤젤레스 다음으로 한국인이 많은 도시다. 독일의 식민지였기에 모든 것이 유럽식으로 되어 있어 한국보다 생활하기에 쾌적하고, 해양도시로 바닷가 주변엔 수억 원이 넘는 고급 주택들이 즐비해 마음만 먹으면 돈 쓸 곳은 얼마든지 있는 곳이었다.

청도에서 지내는 시간이 길어질수록 상대적 박탈감이 커졌다. 함께 기숙사 생활을 하거나 같은 어학 수업을 듣는 한국 친구들은 대부분 넉넉한 형편이었다. 없는 부모 등골 빼가며 겨우 학교에 등록한 나와는 차원이 달랐다. 친구들은 수업이 끝나면 대부분 쇼핑을 가거나 소위 '핫 플레이스'를 찾아다니며 돈을 썼다. 그러니 학교에서 만난 친구들과 수준을 맞춰서 노는 것 자체가 불가능했다. 자존심에 돈 많은 친구들 사이에 껴서 떨어지는 콩고물을 기다리는 성격도 못 되었다. 자격지심이 커지지 않으려면 그 무리에서 빠져나오는 수밖에 없었다.

다행이라면, 중국 청도로 출발하기 전 어느 집사님의 소개로 청도온누리교회를 알게 되었다는 것이었다. 집사님은 현지 목사님께 나를 소개해 주셨는데, 대학부 생활을 온누리교회에서 잠깐 한 적이 있었기에 반가웠다. 타국에 홀로 떨어져 갈 곳 없던 나는 늘 교회로 향했다.

청도에 있는 동안 한인교회는 내게 더없는 위안이 되었다.

나는 엄마가 매달 보내주시는 용돈으로 생활했는데 환전하고 나면 20만 원이 채 안 됐다. 주머니 사정이 좋지 않다 보니 매일 학교와 교회만 왔다 갔다 하며 지냈다. 그러면서 교회 사무실에서 간사님들을 도와드리곤 했는데, 가난한 유학생을 위해 집사님들이 오며 가며 전해주시는 간식들이 참 귀했다. 주일마다 집사님들께서 만들어 주시는 한국 음식도 정말 맛있었다.

생활비를 줄이기 위해 기숙사에서 나와 교회에서 친해진 언니와 함께 아파트를 얻었다. 매달 내야 하는 기숙사비보다 6개월 단위로 계약이 가능한 아파트로 들어가는 편이 훨씬 저렴하기 때문이었다. 게다가 중국의 렌털 아파트는 별도의 보증금이 없고 가전 및 가구들이 구비되어 있어서 기숙사처럼 몸만 들어가 생활하는 것이 가능했다.

침대, 장롱, 소파, 가스레인지는 물론 TV도 세팅되어 있었다. 교회와 도보 1분 거리인 것도 좋았다. 그런데 단 한 가지 없는 게 있었다. 바로 주방 테이블이었다. 중국은 입식 생활을 하기에 밥 먹는 곳이 따로 없었는데, 나에겐 영 불편했다. 소파에 앉아 거실 테이블에서 밥을 먹자니 자세도 이상하고 편하게 밥을 먹을 수 없었다.

여느 때처럼 교회 사무실에 앉아 간사님을 도와드리던 어느 날, 사무실 전화가 울렸다. "네 청년부 미솔이에요, 집사님." 전화를 받으니 집사님은 대뜸 주방 테이블이 하나 있는데 혹시 필요한지 물으셨다. 반가운 마음에 얼마 전 이사 했는데 주방 테이블만 없다고 하니 알겠다고 하시며 전화를 끊으셨다. 다음 날, 집사님은 장정 셋을 거동해 대리석으로 만들어진 고급스러운 6인 식탁을 보내셨다. 자로 잰 것처럼 다이닝룸에 딱 맞는 사이즈였다.

치약이 뚝 떨어져 사야겠다고 생각하며 교회 사무실에 앉아 있으면, 또다시 전화벨이 울렸다. "혹시 치약이 좀 많이 있는데, 필요한 사람 있니?" 생활비가 빠듯해 긴축 생활을 하고 있으면 "집사님이 밥해줄 테니 놀러 올래?" 하며 전화 벨이 울렸다. 집사님 댁에 가면 손수 만드신 반찬을 바리바 리 싸 주셨다. 구약시대 광야 생활하던 이스라엘 백성을 위 해 하나님이 하늘에서 내려주셨던 메추라기 같았다. 나는 하나님의 섬세한 간섭하심을 감지하기 시작했다.

나의 위선과
직면하다

　　　　　　그 무렵 교회에서 전 교인 40일 특새
(특별새벽기도)가 시작되었다. 가난한 유학생이 가진 것은 시
간밖에 없으니, 고민할 것도 없이 새벽기도를 결심했다. 타
국에서 매일 첫 시간을 하나님께 드린다는 것에 스스로 도
취되어 새벽마다 기도 시간을 쌓아갔다. 이 정도 믿음이면
하나님께서 내 기도를 모두 들어주셔야 하는 거 아닌가, 하
면서 내가 원하는 것들을 하나님께 하나하나 요구해 갔다.

"하나님, 저 돈 좀 주세요! 저는 가난이 싫어요. 하나님을 믿는 제가 왜 가난하게 살아야 하나요? 사람들에게 선한 영향력을 끼치는 사람이 되고 싶어요. 돈을 주시면 제가 하나님 사역에 모두 쓸게요. 아빠 사업이 잘 풀리게 해주세요! 제발 우리 집이 가난에서 벗어나게 해주세요. 하나님, 아시죠? 제가 쓴다는 게 아니라 하나님 일에 쓰려는 거예요. 그러니 제발 돈 좀 주세요."

매일 이런 기도를 하나님께 드렸다. "주여! 주여! 주여!" 목이 터져라 하나님을 부르며, "하나님 제 사정 아시잖아요! 알면서도 이러시는 걸 저는 이해할 수 없어요"라며 원망 섞인 기도가 터져 나올 때도 있었다. 특새가 시작된 후 열흘쯤, 같은 기도만 반복하던 어느 날, 내가 얼마나 위선적인지 자각하게 되었다.

'한 달 생활비 20만 원 중에서 십일조 2만 원을 내는 데도 벌벌 떠는 내가, 정말 하나님 사역을 위해 돈을 쓰겠다고? 돈이 필요한 이유가 나를 위해서가 아니라 하나님을 위

해서라고? 그럼 그 돈을 하나님이 왜 나에게 주셔야 하지?'

하나님은 모든 것을 알고 계신다고 입술로 고백하면서도 정작 돈을 달라고 매달리는 내 본심만은 눈감아 주시길 바라는 위선이 내 안에 가득했다. 알아도 속아주시길, 모르는 척 내 기도를 들어주시길 바랐던 마음을 자각하면서 이런 내 모습이 하나님 앞에서 처음으로 부끄러웠다.

그다음 날 새벽기도 시간부터, 나는 아무 말도 할 수 없게 되었다. 주님 앞에 발가벗겨진 것처럼 느껴져 눈물만 나왔다. 차라리 순수하게 "하나님 도와주세요"라고 기도했더라면 부끄럽진 않았을 텐데, 하나님을 속이려 한 내 모습을 깨닫고 나니 여전히 내가 죄인이라는 사실만 선명해졌다. 며칠간 내 기도 시간은 눈물로만 채워졌다. 하나님 앞에서 무슨 말을 해야 할지, 이러지도 저러지도 못한 채 울기만 하던 그때, 하나님이 내게 말씀하셨다.

"미솔아, 이 세상 가장 높은 통치권자보다 높고, 이 세상 가장 부유한 자보다 부유한 내가 너의 아빠란다. 아무 걱정하지 말아라."

　하나님을 향한 나의 사랑은 조건이 있을지라도, 하나님은 언제나 조건 없이 나를 사랑하시는 분임을 깊게 깨닫게 된 사건이었다. 하나님은 순식간에 나의 신분을 바꿔주셨다. 이 세상 그 무엇에도 견줄 수 없는 전능하신 하나님이 나의 아빠라는 사실을 깨닫고 나니 내면에 기쁨이 넘쳤다. 무서울 것도 두려울 것도 없었다. 지금 내 상황이 어떠하든 내 아빠이신 하나님이 나를 책임지실 거란 믿음이 그날부터 나를 천하무적으로 만들었다. 든든한 '빽'이 생긴 후로 나는 근거 없는, 아니 근거 있는 자신감을 얻었다.

숨겨진 메시지

　청년부에서 1박 2일로 수련회를 가게 되었다. 첫날 청년들과 함께 교제하고 다음 날 아침, QT(quiet time의 줄임말로, 성경 묵상을 의미함) 시간을 가졌다. 각자 원하는 공간에 가서 성경을 묵상하고 다시 모여 그 내용을 나누기로 했다. 선선한 가을날이었는데 나는 홀로 밖으로 나가 QT를 했다. 선들

선들 바람이 불었고 이리저리로 갈대가 흔들리고 새들이 날아다니는 평화로운 아침이었다. 나는 〈생명의 삶〉을 보며 하나님께서 내게 주시는 말씀을 듣고자 온전히 집중한 채 기도하는 마음으로 성경을 한 줄 한 줄 읽으며 묵상했다.

그 순간, 내 눈앞에 보이는 모든 피조물의 움직임들이 갑자기 하나님의 음성으로 들리기 시작했다. 갈대의 움직임, 아침햇살을 맞아 반짝이는 이슬, 지저귀는 새소리 그리고 내 피부를 감싸는 선선한 바람들도 하나같이 내게 "미솔아, 사랑한다"며 속삭이기 시작한 것이다. 내가 걷는 발걸음마다 내 주변을 둘러싼 세상의 모든 것이 딸랑거리는 방울 소리처럼 "미솔아, 사랑한다~ 미솔아 사랑해! 미솔아 무지 많이 사랑한다~ 미솔아 사랑해" 하고 끊임없이 속삭였다.

그 순간 나를 향한 하나님의 놀라운 사랑에 사무쳐 벅찬 감동의 눈물이 흘러내렸다. 하나님께서는 이 세상의 모든 피조물을 우리를 사랑하셔서 만들어 두신 것이었다. 나를 향한 하나님의 사랑은 내 생각보다 훨씬 섬세하고, 감히 헤아릴 수 없을 만큼 가득한 상태였다.

'하늘을 두루마리 삼고 바다를 먹물 삼아도 그 크신 하나

이 세상 가장 높은
통치권자보다 높고
이 세상 가장 부유한 자보다—
부유한 내가 너의 아빠란다—
아무 걱정 말아라—

님의 사랑 말로 다 할 수 없도다'라는 찬송가의 가사가 온전히 내 마음에 흡수되는 순간이었다. 이 세상 만물의 모든 움직임에 나를 사랑하시는 하나님의 메시지를 숨겨 놓으셨다니! 그러니 풀 한 포기도 함부로 다뤄서는 안 되는 것이었다. "다스리고 관리하라"라고 명령하신 하나님의 무한한 사랑이 느껴지는 충만한 아침이었다.

첫 월급, 40만 원

내가 경제 활동을 처음 시작한 때는 2012년 1월이었다. 중국에서 돌아와 단국대학교에 재입학한 나는 졸업에 맞춰 1년간 취업 전선에 뛰어들었지만 처참하게 실패했다. 그러다 친구가 소개해 준 인턴 채용 공고에 이력서를 넣었는데 덜컥 붙어버렸다. 한 달 급여는 40만 원.

의정부역에서 광흥창역까지 출퇴근에 왕복 4시간이 소요되었지만, 당시의 나는 눈앞의 돈을 놓칠 수 없었다. 정규직 전환이 보장되는 자리도 아니었고 언제 잘릴지 모르는 계약직 인턴이었으나, 최선과 열심을 다하면 좋은 기회가 주어질지도 모른다는 '희망 회로'만이 내가 선택할 수 있는 유일한 옵션이었다.

월급 40만 원을 받던 인턴은 정규직 전환에 실패했다. 예쁘게 봐준 사수들이 물심양면으로 힘써주었지만 정작 인사권을 쥔 팀장님의 마음은 얻지 못했다. 팀장님은 일 잘하는 팀원보다 팀 내 분위기 메이커 역할을 해줄 귀여운 막내가 더 필요하다고 했다. 내게는 일을 잘하는 것보다 귀여운 막내가 되는 것이 더 어려운 미션이었다. 결국 4개월 만에 일을 그만두었다.

얼마 지나지 않아 친한 친구에게서 연락이 왔다. 본인이 일하는 광고회사에서 단기 알바생을 구하는데, 와서 일해줄 수 있겠느냐는 전화였다. 앞서와 마찬가지로 정규직 전환은 보장되지 않지만, 광고회사는 워낙 이직이나 채용이 잦으니 우선 발을 들여놓으면 좋은 기회를 만날 가능성도 크다고 했다. 월급은 100만 원!

40만 원에서 100만 원이라니! 2배가 넘는 금액이었다. 게다가 대기업 산하의 이름 있는 광고회사였다. 의정부역에서 마포역까지. 또다시 원정 출근이 시작되었다. 그런데 이번에도 분위기가 심상치 않았다. 이 회사는 애초에 희망 회로의 싹조차 자르려는 듯 보였다.

"알바는 여기까지!"
"알바는 이제 퇴근해."
"알바는 안 해도 되니까 나가 있어라!"

광고를 대행해 주는 회사의 업무가 그렇듯 미어터지는 일을 알바생에게도 나눠주고 미안해서라도 채용하면 좋을 것 같은데, 팀장부터 사원에 이르기까지 오전 9시에 출근해서 새벽 5시에 퇴근하는 고된 일정을 소화하면서도, 그들은 알바생들과의 철저한 거리 두기를 하며 딱 월급만큼의 일만 시키곤 했다.

"저도 하겠습니다!"
"제가 돕겠습니다."
"이런 방법은 어떠세요?!"

아무리 열심히 들이대도 알바생과 정규직과의 보이지 않는 벽은 무너지기는커녕 금이 갈 기미조차 없었다. 내게 알바 자리를 제안했던 친구는 나의 가장 친한 대학 친구이자 사수였다. 사원증을 목에 걸고 식사하러 가는 모습, 멋진 정장에 하이힐을 신고 광고주 프레젠테이션에 다녀오는 모습, 회의실에서 밤새 회의하고 퇴근하면서 법인 카드로 새벽 택시비를 결제하는 친구의 모습은 성공한 커리어우먼의 전형이었다. 반면 내 모습은 상대적으로 초라하기 짝이 없었다. 언제쯤이면 나도 내 자리를 찾을 수 있을까? 하루살이처럼 불안하고 미래를 알 수 없는 답답한 삶에서 언제쯤 벗어날 수 있을까? 스물일곱의 내 현실이었다.

300만 원이 60만 원으로

그 시기 춘천에서 공부방을 운영 중이던 친척 언니에게서 연락이 왔다. 언니는 그곳에 와서 중등부 수학 선생을 해볼 생각은 없느냐고 했다. 경험이 없으니 수습기간 3개월간은 100만 원, 이후로는 300만 원을 주겠다는 파격적인 조건도 붙였다. 잴 것도 없이 바로 짐을 싸서 춘천으로 향했다.

언니가 내게 처음 공부방 선생님 자리를 제안했을 때만 해도 언니 집 방 한 켠에서 취식할 수 있는 조건이었다. 하지만 춘천에 도착한 첫날, 형부는 처제와 함께 생활하는 것이 불편할 것 같다며 조심스럽게 거부감을 드러내셨다.

짐까지 싸 들고 온 마당에 다시 서울로 돌아갈 수도 없고, 300만 원을 포기하고 본가로 복귀하자니 영 발이 떨어지지 않았다. 나는 형부의 마음을 십분 이해한다며 허허 웃으면서, 다음날 바로 보증금 300만 원에 월세 30만 원짜리 원룸을 구했다. 월세와 관리비라는 생각지도 못한 지출 변수가 생기긴 했지만, 서울에서 취업했다면 월세 30만 원짜리 방은 구하지도 못했을 거라 생각하니 기분이 좀 나았다. 게다가 월급이 300만 원이니 그 정도쯤은 감당할 수 있겠다 싶었다. 이번 기회로 '독립'이란 꿈도 함께 이뤘으니 오히려 전화위복이라 여기면서.

공부방에는 이미 언니와 10년을 함께한 수학 선생님이 있었다. 언니네 공부방은 전 과목을 가르치는 시스템을 갖추고 있었는데, 다른 과목에 비해 아이들의 수학 성적이 좀처럼 오르지 않았다. 그래서 언니는 무슨 일이든 똑 부러지게 해내는 나를 데려다 매너리즘에 빠진 기존 수학 선생님과 경쟁 구도를 만들 요량인 듯했다.

첫 달에 나는 수학 시험에서 9점, 12점을 받은 중학교 1학년 친구 2명과 20점에서 40점 사이를 오가는 중학교 2학년 친구들 3명을 맡았다. 수학 포기자, 일명 '수포자' 담당 선생이 된 것이다. 공부방에는 총 30여 명의 학생이 있었는데, 수학 점수가 제일 낮은 5명의 친구들이 내 수업을 들었다. 나는 시중에 나온 중등 수학 교재를 모두 가져다가 출근 전후로 쉴새 없이 풀었다. 선생님으로서 권위를 갖추려면 무조건 '잘'해야 했다. 다양한 수학 문제 유형은 물론 교과서와 수학 경시대회용 문제까지 섭렵하면서, 나는 교재 연구에만 몰두했다.

담당 아이가 5명밖에 없었기에, 아이들 수준에 맞춰 일대일 과외하듯 가르쳤다. 젊은 여자 선생님과 하하호호 깔깔거리며 본인 수준에 맞춰 공부하게 된 아이들은 점점 수학 공부에 재미를 붙였다. 수업이 재미있다는 소문이 옆방 아이들에게까지 퍼지면서 한 달이 지났을 무렵엔 15명의 아이들이 내 방으로 넘어와 수학 공부를 하게 되었다.

공부방에서 일을 시작한 지 두 달쯤 지났을 때, 아이들의 첫 수학 시험 결과가 내게도 성적표처럼 날아왔다. 각각 9점, 12점을 받았던 나의 학생은 75점, 87점을 받으며 수학 성적이 성큼 올라갔다. 중학교 2학년 수포자 삼총사도 모두 70~80점대 점수를 받으며 수학 성적이 급상승했다. 어마어마한 결과였다. 수습기간 3개월도 되기 전에 성과를 냈으니, 월급 300만 원을 받는 건 무리 없겠다는 생각이 들었다. 그런데 수습기간이 얼마 남지 않았던 어느 날, 친척 언니가 나를 불러서 이야기했다.

"미솔아, 월급은 앞으로 6개월마다 10만 원씩 올려줄게."

일방적인 통보이자, 명백한 계약 위반이었다. 하지만 오래 지속된 가난으로 항상 기가 죽어 있었던 나는 딱히 반박할 생각이나 의지도 없는 비정상적인 상태였다. 언니가 그렇게 결정했다니 그렇게 따라야 하는 줄로만 생각했다. 하지만 그날 이후 내면에는 바닥으로 떨어진 자존감과 불합리한 현실로 인한 우울감이 점점 자리를 잡아가기 시작했다.

6개월에 10만 원, 1년이면 20만 원……. 언니가 처음 약속한 300만 원을 월급으로 받으려면 족히 10년은 일해야 하는 구조였다. 원룸을 구하면서 매달 나가야 하는 고정비가 최소 40만 원이다 보니 결국 한 달에 60만 원을 벌기 위해 춘천으로 온 셈이었다.

만약 그때 내가 용기를 내서 언니에게 "나는 300만 원을 약속받고 이곳에 온 것이고, 내가 앞으로 낼 성과는 언니의 공부방에 300만 원 이상의 가치를 가져다줄 거야"라고 이야기했다면 어땠을까? 분명 언니는 내게 약속했던 돈을 지급했을 것이다.

하지만 지금 와 돌이켜보면, 내가 충분한 성과를 보여줬음에도 언니의 생각과 마음이 바뀐 것도, 불합리한 상황에 내가 아무 말도 못하는 머저리처럼 굴었던 것도 모두 하나님의 계획 안에 있었다. 아마 그때 바로 300만 원의 월급을 받았다면 나는 현실에 안주하며 그 어떤 꿈과 도전도 없는 삶을 살았을 것이 분명하다. 하지만 하나님은 내가 그렇게 살기를 원치 않으셨고, 그래서 나를 우울과 절망의 끝단으로 몰아넣으셨다.

성과는 100, 자존감은 0

100만 원 남짓의 월급을 받던 춘천 생활이 힘들었던 건 일에 대한 보상이 약속대로 이뤄지지 않았던 탓도 있었지만, 나와 비교해 친척 언니의 생활이 너무 화려하고 호화스러웠던 탓도 있었다. 매일 먹고 싶은 것을 먹고, 사고 싶은 것을 주저 없이 사던 언니의 40평대 아파트엔, 그녀의 개인적 취향이 묻어나는 고급 가구와 살림살이가 가득했다.

뿐만 아니라, 내가 춘천에 있는 동안 언니는 5층짜리 신축 건물의 건물주가 되었다. 상대적 박탈감이 점점 나의 내면에서 부정적인 기운으로 똬리를 틀었다. 남자친구에게도 어쭙잖은 자존심 때문에 내가 얼마를 받고 일하고 있는지, 내 감정이 왜 이런지조차 털어놓을 수 없었다.

일은 여전히 열심히 했지만 점차 표정이 사라졌고, 장거리 연애로 멀리 떨어져 있던 남자친구는 밤마다 수화기 너머로 떨어지는 여자친구의 폭탄 같은 말들을 감당해야 했다. 더 많이 좋아하는 사람이 을이라고 했던가. 연인관계에서만큼은 갑이라 여겼던 나는 내 삶에 유일한 을인 남자친구를 향해 매일 패악질을 일삼았다. '이래도 너는 내가 좋지? 이래도 헤어지자고 안 할 거지? 이래도 나를 사랑해 줄 거지?' 못난 방식으로 애정을 확인해 가며 내 존재감을 확인하던 최악의 나날이었다.

한없이 곤두박질치는 나의 감정과 반대로, 내가 가르치는 학생들의 성적은 시험을 볼 때마다 치솟았다. 시간이 지날수록 내 수업을 듣는 학생들이 늘어났고 그들의 수학 성적도 평균 90점을 상회했다. 내가 가르치는 학생들의 학부모 중 "수학 때문이라도 그 공부방은 그만두지 못한다"라고 말하는 이가 있을 정도였다. 타 과목에 비해 수학 수업이 항상 약점이라 고민이 컸던 친척 언니 역시 아이들의 수학 점수가 궤도에 안착했을 때 안도했을 것이다.

하지만 그런 외부적인 성과나 성취와는 별개로 나의 자존감은 여전히 바닥을 치고 있었다. 주말에 본가로 내려갈 때마다 엄마는 그런 나를 보고 눈물을 훔치셨다. 그 어떤 표정도 없이 우울감에 빠져 있던 딸을 보며 엄마는 그저 기도로 응원할 뿐이었다.

청지기로의 초대

출석하던 교회에서 '크라운 재정학교'가 열렸다. 외부 전문 강사님과 함께 12주간, 하나님의 청지기steward(주인의 재산과 사람을 맡은 자로, 주인의 뜻에 따라 재산과 사람을 보호하며 관리할 책임이 있다)로서의 자세와 성경적 관점에서 '돈'을 어떻게 다룰 것인가에 대해 배우는 프로그램이었다. 가난에서 벗어나고 싶은 간절한 바람과 부자가 되고 싶다는 열망을 안고, 해당 프로그램을 신청했다. 정확히 뭘 하고 배우는 것인지도 몰랐지만, 재정교육을 받고 나면 하나님께서 길을 보여주시지 않을까 하는 막연한 기대감을 품었던 것 같다.

첫 모임에 나갔더니 20대는 나 한 사람뿐이었다. 이미 사업을 하고 있거나 직장 생활을 오래 하신 40~50대들 틈에서 내가 이 자리에 있는 게 맞는지 의문이 들었다. 그렇게 어안이 벙벙한 상태로 매주 수업을 이어나갔다. 결과적으로 12주간의 수업이 끝나고 수료증까지 받았지만, 내 삶에서 달라진 것은 하나도 없었다.

교육을 통해 새롭게 받은 동기부여나 마음가짐의 변화조차 없었던 것 같다. 저축할 돈은커녕 생계를 유지하는 것도 힘들어 십일조도 버겁게 느끼고 있던 나였기에, 청지기로서 관리할 돈 따위가 없었다는 표현이 더 정확할 것이다. 그런데 그때의 선택조차 온전히 하나님의 계획 속에 있었다는 걸, 10년이 지나고야 알게 되었다.

하나님께서는 그때 내게 청지기로서 훈련받고 준비하게 하셨다. 가진 것 하나 없던 빈털터리의 내가 하나님의 청지기가 되고자 마음먹었던 그때, 이미 응답할 준비를 하고 계셨던 것이다.

삶에 경종을 울린 70세 회장님

스물다섯 살부터 나는 교회에서 중등부 교사로 봉사했다. 춘천에서 일하는 동안에도 주말에는 본래 다니던 높은 뜻 정의교회에 출석하며 교사 활동을 이어갔고 예배를 드리는 데 최선을 다했다. 어느 해, 중등부 수련회 장소 섭외를 위해 전도사님과 몇몇 선생님과 함께 사전 답사를 가게 되었다. 중등부 부장 집사님이 본인의 사무실에서 약속된 시간에 만나 한 차로 움직이자고 하셨다. 당시 차가 없었던 전도사님과 나를 위한 배려였다.

부장 집사님은 서울 강남의 한 빌딩 주소를 알려주셨는데, 찾아가 보니 강남대로의 그 높은 빌딩 머릿돌에 그 집사님의 이름 석자가 떡하니 새겨져 있었다. 워낙 검소하고 털털하셔서 그저 대기업에 오래 종사하신 임원 정도로 예상했는데, 큰 사업을 하고 계신 사장이셨던 것이다. 심지어 그 회사의 회장님은 그분의 어머님이셨는데, 이미 일흔이 훌쩍 넘은 나이에도 그 빌딩의 지하에서 구내식당을 운영하셨다. 건물 내에서 일하는 모든 기업의 직원들에게 저렴한 가격으로 정성스러운 밥을 대접하기 위해서였다.

말로만 들었던 '강남의 빌딩주'와 아주 가까운 곳에서 매주 예배를 함께 드렸는데도 몰랐을 정도로, 그들은 전혀 내색 한 번 한 적이 없었다. 나는 그 정도 재력을 갖춘 부자를 한 번도 만나본 적이 없었기에 엄청난 부자를 가까이에서 봤다는 것만으로도 적잖은 충격을 받았고, 일흔이 넘는 연세에도 힘든 식당 일을 하시며 구내식당을 찾는 한 사람 한 사람에게 직접 밥을 퍼 주시는 회장님의 모습도 인상에 남았다. 내 삶에 경종이 울린 순간이었다.

'아! 나도 저렇게 살고 싶다. 나도 하나님의 일을 멋지게 하면서 어려운 청년들을 독려하고 그분의 일에 돈 쓰는 것은 아까워하지 않는 부자가 되어야지.'

분명 하나님께는 나를 향한 놀라운 계획이 있으신데, 지금까지 내가 처한 환경에 휘둘려 정작 그분의 능력을 스스로 제한하고 하늘을 보지 못하는 미련함으로 살고 있었다는 걸 깨달았다.

도망칠 핑계

마침 그 무렵, 엄마가 오랜 기도 끝에 이모와 경기도 광릉수목원 안에서 한식당을 여셨다. 외삼촌이 빌려준 보증금으로 자리를 얻고 이모가 보험 대출을 받아 기타 필요한 것들을 마련했다. 50석 규모의 식당이었기에 엄마와 이모 외에도 홀 서빙을 도와줄 일손이 필요했다. 이때부터 나의 '투잡'이 시작되었다.

공부방 수업은 아이들이 하교한 이후 오후 5시부터 시작되었기에, 나는 아침에 일어나 춘천에서 포천까지 출근해 식당에서 일하고 점심 장사가 끝난 오후 3시쯤 다시 춘천으로 돌아와 아이들에게 수학을 가르쳤다.

4월에 식당을 오픈하고 2주쯤 지났을 때, KBS 〈생생정보통〉으로부터 연락이 왔다. 5월 가정의 달을 맞아 가족 단위로 일하고 있는 식당을 찾고 있는데 식당 이름을 보고 연락했다며, 혹시 가족이 함께 운영하는 식당이 맞느냐며 섭외가 온 것이다. 우리 식당의 이름은 '육남매 별빛촌'으로 내가 지은 것이었다. 오픈한 지 한 달 만에 공영방송에, 그 어떤 광고비도 없이 식당의 이름을 알리게 되면서, 그다음 날부터 식당은 찾아온 손님들로 발 디딜 틈 없이 미어터지기 시작했다.

장사 경험이 많지 않은 상태에서 한꺼번에 밀려드는 손님들을 받으려니 실수도 많고 부족한 것투성이였다. 하지만 방송의 효과는 정말 어마어마했다. '육남매 별빛촌'이야말로 하나님이 주신 우리의 기업이구나 싶었다. 매일 춘천과 포천을 왔다 갔다 해야 하는 일정이었으나 힘든 줄도 모르고 하루하루 최선을 다했다.

여섯 남매 중 두 자매가 연 식당이었지만, 점점 식당이 자리를 잡아가면서 이모들이 하나둘 함께하기 시작했고 홀을 봐줄 직원도 생겼다. 이제 내가 결단을 내려야 할 차례였다. 언제까지나 자존감을 갉아먹으며 춘천에 머무를 순 없었다. 식당이 잘되는 것과 별개로, 내가 공부방에서 만들어내는 성과 대비 충분한 보수와 인정을 받지 못하고 있다는 것이 내 삶에 마이너스로 작용하고 있었다. 그런데도 여전히 나는 해야 할 말을 제대로 하지 못하는 상태였기에 공부방을 그만둘 충분한 계기가 필요했다.

그러던 중 미국 NGO에서 운영 중인 한 가지 프로그램을 알게 되었다. 등록금 300만 원을 내면, 1년간 단체 안에서 지내면서 어려운 곳으로 봉사를 다니는 일이었다. 1년 동안 취식을 제공하고 전 세계 사람들과 만나 의미 있는 일까지 할 수 있다니, 300만 원만 있으면 춘천을 벗어날 너무나도 멋진 명분이 생기는 것이었다.

우선 남자친구에게 내가 미국에 가 있는 1년 동안 기다려 줄 수 있느냐고 물었다. 당연히 기다리겠다는 답변이 돌아왔다. 부모님께 말씀드린 후 공부방 원장인 친척 언니에게 면담을 요청했다. 입을 떼기까지 심장이 미친 듯이 두근거리고 손발이 덜덜 떨렸다. 두 눈을 질끈 감고, 더 늦기 전에 내가 하고 싶은 일을 꼭 해보고 싶다며 공부방을 떠나야 할 것 같다고 했다. 언니의 답변을 기다리던 그 짧은 순간, 뇌가 '삐' 하면서 멈춰버릴 것만 같은 공포심마저 들었다. '안 된다고 하면 어쩌지? 화를 내면 어쩌지?' 온갖 생각들이 그 짧은 순간에 스쳐 지나갔다. 짧은 침묵 뒤, 언니는 "알겠어"라는 정말 딱 그 한마디의 대답만 했다. 언니와 약속한 기일까지 아이들을 가르친 후, 나는 드디어 춘천에서 벗어날 수 있었다.

포천으로 돌아와 엄마의 식당 일을 도와드리며 미국으로 떠날 준비를 시작했다. 그런데 어느 날, 엄마가 나를 불러 진지한 목소리로 식당 일을 계속 도와주면 안 되겠느냐고 물으셨다. 식당이 더 잘 되려면 내 도움이 절실하다는 간곡한 부탁이었다. 나 역시 엄마와 이모가 '육남매 별빛촌'을 통해 안정된 노후를 보내길 바라는 마음이 컸다. 막상 공부방 일을 그만두고 나니 내심 남자친구와 떨어져 지내는 것도, 혼자서 타지로 떠나는 것도 부담스러웠던 내게 한국에 남아 있을 이유가 생긴 셈이었다. 결국 나는 엄마 곁에 남기로 결정했다.

온라인 사업의
시작

✳

육남매 별빛촌은 먼저, 주변 상인들 사이에서 음식이 맛있다는 소문이 났다. 그래서 주변에서 일하는 분들이 점심마다 찾아왔다. 그러던 어느 날, 인테리어 소품을 판매하는 옆집 사장님이 우리 가게에서 식사를 하며 이렇게 말씀하셨다.

"사장님, 겨울이 오면 매출이 떨어질 각오는 하셔야 해요. 여기는 관광지라 겨울에는 사람들 발길이 뚝 끊기거든요~

그러니 마음의 준비를 단단히 하고 계세요."

　쌀쌀해진 바람과 함께 다가올 겨울을 앞두고 눈앞이 캄캄해졌다. 대비가 필요했다. 어렵게 오픈한 식당을 지키려면 그저 손가락만 빨고 있을 수 없었다. 당시 외할머니께서는 강원도 화천에서 혼자 지내시며 고추 농사를 하셨는데, 식당을 하는 자식들을 위해 직접 키운 고추를 몇 자루씩 보내주시곤 했다. 요리에 필요한 양보다 훨씬 많아서 엄마와 이모들은 고추를 직접 쪄서 부각으로 만들어서 카운터 옆에 두고 팔았다. 반찬으로 맛을 본 손님들도 식사비를 계산하면서 카운터 옆에 한 통씩 포장해 둔 고추부각을 꼭 함께 사가곤 했다.

　'그래! 우선 고추부각을 온라인으로 팔아보자!'

　오지 않는 손님만 멍하니 기다리는 대신, 온라인을 통해 직접 손님을 찾아가기로 결심한 것이다. 당시 나의 친한 친구 중 하나가 파워블로거였기에, 어렴풋이 블로그의 영향력이 얼마나 대단한지 알고 있었다. 그래서 일단 나의 블로그 이웃 50명을 데리고 반찬 판매를 시작했다. 이름하여 '바른 맛찬'이 내 온라인 사업의 첫 시작이었다. 파워블로거인 친구에게도 반찬 홍보를 부탁했다. 그리고 그 친구가 알고 있는 여러 영향력 있는 인플루언서들에게 반찬을 협찬하며 조금씩 엄마와 이모들의 고추부각을 알리기 시작했다.

고추부각과 함께 판매할 수 있는 아이템을 고민하던 중, 아이들도 함께 먹을 수 있는 김부각을 만들면 좋겠다는 생각이 들었다. 그날로 시장에 나가 돌김, 파래김, 곱창김 등을 종류별, 두께별로 전부 샀다. 찹쌀을 반만 갈아서 만든 것과 전부 갈아서 만든 것으로 풀을 비교해 가며 김 위에 발라서 밤새 김을 건조시켰다. 김을 1장으로 했을 경우, 2장으로 했을 경우, 3장으로 했을 경우를 비교하면서 가장 맛있는 김의 종류와 '바삭' 하고 입 안에서 부서지는 최적의 두께감을 찾기 위해 매일 밤 김부각 만들기 삼매경에 빠졌다. 그렇게 여러 날 지속된 실험 끝에 만들어진 김부각은 지금껏 시중에서 먹어본 그 어떤 김부각과도 비교 불가한 맛이 되었다. 바른맛찬의 김부각도 금세 입소문이 나기 시작했다.

매일 밤, 나는 이모들과 함께 50평 식당 가득 찹쌀 바른 김을 널어 말렸다. 그리고 다음날엔 전국 각지로 김부각이 팔려나갔다. 조금씩 자신감을 얻게 된 나는 시중의 온라인 반찬몰들을 분석해 가며 가장 잘나가는 반찬의 종류를 추려 바른맛찬의 제품 라인업을 조금씩 늘려나갔다. 그렇게 나는 포천에서 의정부 우체국까지 매일 차 한 대에 꽉꽉 눌러 채운 반찬 박스들을 날랐다.

육아용품 브랜드 '라이크쏠'

반찬 사업이 자리를 잡았을 무렵, 문제가 생겼다. 처음 반찬을 팔기 시작한 시기가 11월이었는데, 해가 지나고 날이 따뜻해지자 배송 과정에서 반찬이 변질될 가능성이 점점 커진 것이다. 또한 날이 따뜻해지면서 식당에 다시 손님들이 늘기 시작했고, 식당 일과 반찬 사업을 병행하기에는 엄마와 이모들의 시간과 체력이 따라주질 않았다.

무엇보다 식품은 소비자의 건강과 직결되기에, 배송 이슈의 위험을 안고 갈 수 없었다. 결국, 반찬 사업은 접어야 했다. 하지만 내게는 첫 온라인 사업에 대한 긍정적인 성과가 생겼고, 50명에 불과했던 블로그 이웃은 그사이 수백 명으로 늘어나 있었다. 다음 사업을 위한 든든한 고객리스트가 생긴 셈이었다.

반찬을 팔기 위해 반찬 사진을 찍다 보니, 자연스럽게 예쁜 그릇에 눈길이 갔다. 그래서 나는 다음 아이템으로 주방용품을 선택했다. 남대문 그릇 도매시장을 내 집 안방처럼 매일 나가 돌면서, 적당한 아이템을 찾아다니기 시작했다. 그러다 당시 백화점에서도 품귀현상이 일어났던 포르투갈의 명품 '커트러리 세트'를 운 좋게 구해서 팔게 되었다. 블로그에 해당 제품을 소개하는 판매 게시글을 올려 두었는데, 당시 사람들의 검색량이 많았던 아이템이다 보니 블로그 유입 인원이 자연스럽게 늘었다. 백화점보다 저렴하게 파는 내 제품을 사기 위해 하루에도 수백 명의 사람이 문의하고 제품을 구매했다. 내 인생에서 가장 큰돈을 만져본 시기였다.

블로그 마켓이 점점 자리를 잡아가던 시기, 결혼을 했다. 결혼식을 마치고 신혼여행을 가기 위해 공항에 도착한 그때, 갑자기 휴대폰 알람에 불이 났다. 3~4초 간격으로 울리는 알람에 이게 무슨 일인지 의아해 휴대폰을 열어보니 내가 작성해 둔 신혼집 인테리어에 관한 포스팅이 네이버 메인 페이지에 올라 있었다. 쉬지 않고 울려 대는 댓글 알람에 휴대폰이 뜨끈뜨끈해질 지경이었다. 순식간에 댓글은 999개가 넘어갔고 내가 쓴 포스팅은 그 달의 베스트 글이 되어 이후 한 번 더 네이버 메인 페이지를 장식했다.

이 일을 계기로 블로그 이웃이 수천 명으로 늘었다. 이후 아이를 임신한 몸으로 나는 퇴근한 남편과 함께 매일 천 개가 넘는 그릇을 하나하나 신문으로 포장해서 택배 상자에 넣는 일을 하게 됐다. 박스 먼지로 집안 공기가 퀴퀴해질 지경이었으나 돈 버는 즐거움에 힘든 줄도 몰랐다.

뱃속 아이가 자라면서 자연스럽게 육아용품으로 관심이 이어졌다. 내 아이가 쓸 제품들을 찾다 보니 이왕이면 품질도 좋고 흔하지 않은 제품을 팔아보고 싶다는 생각이 들었다. 그렇게 '라이크쏠'이라는 브랜드가 탄생했다.

라이크쏠의 첫 아이템은 내 아이를 위해 직접 만든 블랭킷과 신생아 양말이었다. 양말은 발목 양쪽에 직접 고른 작은 인형들을 한 땀 한 땀 꿰매 달아 100% 수작업으로 만들었다. 세상에 없던 디자인에 사람들은 열광했고 나는 만삭 때까지 매일 밤 바느질을 했다. 무리한 탓인지 루이는 한 달 먼저 세상에 나왔는데, 그 전날까지도 나는 10시간씩 동대문을 뛰어다녔다.

기회인 줄 알았던
위기

　　　　　　출산 후 아이와 함께 집으로 돌아온
그날부터 나의 지옥 같은 생활이 시작되었다. 책임감 하나
로 이제껏 힘든 시간을 버텨 내고 책임감 때문에 좋은 결과
들을 만들어 냈던 나였다. 하지만 그 책임감이 내게 독처럼
번져갔다. 아이를 키워본 경험이 전무했음에도 어떻게든 제
대로 아이를 키워 내야 한다는 막중한 책임감으로 인해 심
각한 산후 우울증이 온 것이다. 숙제처럼 주어진 육아라는
일을 도통 어떻게 해야 할지 모르다 보니, 모든 상황이 공포

로 다가왔다.

　출퇴근하는 산후도우미 이모님도 계셨지만, 24시간 아이를 돌보며 나는 그냥 울기만 했다. 이모님이 아이를 돌봐줄 땐 그 상황이 불안해서 눈물이 났고, 내가 직접 보면 그게 무서워서 눈물이 났다. 출산 후 입맛이 돌아오질 않아 제대로 밥 한 끼 먹지 못한 상태에서도 모유수유는 계속하다 보니 기운이 없어 누워 있는 시간이 늘었다. 게다가 3시간에 한 번씩 깨는 신생아와 함께 뜬눈으로 밤을 지새우는 날이 늘면서 우울감이 사라질 기미가 보이지 않았다.

　어찌어찌 하루를 보내며 아이를 돌보는 데 필요한 모든 일을 꾸역꾸역해 냈지만, 아이가 잠들고 나면 한순간에 풀린 긴장감으로 나도 모르게 눈물이 흘렀다. 하루는 남편의 지인 결혼식 날이었다. 남편은 빨리 가서 축의금만 주고 돌아오겠다고 했지만, 이모님도 안 계시는 주말에 나와 아이만 남은 상황이 내겐 견딜 수 없는 공포였다. 절대로 아이와 단둘이 있을 수는 없다며 울고불고 매달리는 나 때문에 결국 남편은 결혼식에 참석하지 못했다.

　혼자서는 도저히 이 상황을 해결할 수 없으리란 생각이

들었다. 그래서 나는 직접 시부모님께 전화를 걸어 아이와 함께 시댁에 들어가 살고 싶다고 했다. 시집살이의 불편함보다 아이를 키우는 공포가 훨씬 컸기 때문이었다. 며칠만 더 생각해 보고 신중하게 결정하자며 어머님은 완곡하게 거절하셨다. 지금 와 생각해 보니 그 덕분에 시부모님과 좋은 관계를 유지할 수 있게 된 것 같아 감사할 따름이다.

도우미 이모님과는 애초에 한 달을 계약했다. 그런데 2주 정도 되었을 때 이모님이 허리 디스크로 병원에 입원하게 되면서 갑자기 일을 그만두셨고, 업체에서 대체 인력을 바로 연결해 주지 못하는 상황이 되었다. 나는 정신이 번쩍 들었다. 이제 도움을 받을 곳도 도움을 요청할 곳도 없으니 나라도 정신을 바짝 차려야겠구나 싶었다. 다행히 그날 이후 내 상태는 하루가 다르게 좋아졌고 아이와의 생활도 조금씩 익숙해졌다.

하지만 원래의 내 모습으로 온전히 회복된 것은, 아이가 태어난 지 50일이 지나고 다시 일을 하면서부터였다. 나는 라이크쏠이라는 브랜드의 정체성을 강화하기 위해 쇼룸을 만들고 싶었다. 오프라인 매장을 만들어 온라인에서 물건을 사는 사람들에게 신뢰감과 안정감을 주고 싶었다. 남편에게 쇼룸을 만들고 싶다고 하니 아이가 아직 어린데 어떻게 할 생각이냐며, 여러 현실적인 이유를 대며 반대했다.

가장 가까운 사람이 내 꿈을 지지해 주지 않는다며 매일 훌쩍거리고 있을 때쯤, 내 사업에 든든한 지원자가 나타났다. 바로 시아버지였다. 시아버지는 내 이야기를 쭉 들어 보시고는, "너만 괜찮다면 아빠가 지원해 줄게" 하시며 신축 상가의 보증금과 인테리어 비용, 제품 사입 비용을 빌려주셨다. 이처럼 시아버지 돈으로 시작한 사업이었기에 어떻게든 경비를 아껴야 했다.

나는 업체를 끼지 않고 셀프로 상가 인테리어를 해야겠다 다짐하고는, 매일 아이를 둘러업고 현장감독을 나갔다. 7월부터 시작된 공사로 무더위와 맞서며 아이와 함께 출퇴근을 하다 보니 아이는 머리끝부터 발끝까지 땀으로 흠뻑 젖기 일쑤였다. 아기 띠를 하고 있는 나 역시 온몸이 땀 범벅이었다. 하지만 행복했다. 나만의 공간이 생긴다는 사실에 가슴이 설렜다. 더구나 내 취향의 제품들로 가득 찬 30평짜리 아지트라니! 기존 온라인 수익에 오프라인 수익까지 더해지면 더 많은 돈을 벌 수 있으리란 행복 회로도 돌아갔다. 그런데 행복은 딱 거기까지였다.

남편보다 잘 버는 아내

호기롭게 시작한 쇼룸이었으나, 당시의 나는 장사에 대한 상식조차 없는 상태였다. 내가 계약한 곳은 신도시의 신축 상가로 임대료는 비쌌으나 신도시 가장 끝자락에 위치해 워킹 손님을 찾아보기 힘든 이주자택지 안에 있었다. 쇼룸을 닫은 지 4년이 지난 지금도 그곳은 여전히 공실이 더 많은 장사 회피 지역이다. 하지만 당시에 내가 그곳을 선택한 기준은 건물 뒤로 나지막한 산이 보이고 주변에 높은 건물이 없어서 고즈넉하고 조용하다는, 지금 생각하면 말도 안 되는 이유 때문이었다. 당시 온라인 판매가 자리를 잡아가며 어느 정도 자신감이 붙었던 터라 나는 쇼룸이 어디에 있든 사람들이 찾아올 거라고 기대했다. 물론, 예상은 철저히 빗나갔고 쇼룸은 오픈과 함께 파리만 날리기 시작했다.

와중에도 나는 8개월 된 아이를 안고 매일 출근하며 그곳에서 아이를 먹이고 재우고 씻기는 일까지 했다. 아이 낮

잠 시간이 되면 쇼룸의 불을 끄고 문을 잠그고는 뜨문뜨문 오는 손님마저 받지 않았다. 그 시간 나는 손님이 들여다볼 수 없는 쇼룸 한 구석에서 온라인 업무를 처리했다. 그렇게 열심히 했지만 나의 쇼룸엔 오프라인 수익으로는 임대료조차 낼 수 없는 상황이 이어졌고, 매달 고정비가 마이너스로 나가는 상황을 스스로 만든 꼴이 되었다.

쇼룸을 만들기 전까진 집에서 오직 블로그를 활용해 공동구매로 돈을 벌었다. 공동구매 특성상 사입비가 들지 않았고 재고를 가지고 있을 필요도 없었다. 특정 기간에만 물건을 팔고 배송 업무는 하루에 몰아서 한꺼번에 하는 방식이었기에 일하고 싶으면 일하고 쉬고 싶으면 쉴 수 있었다. 하지만 이젠 임대료와 관리비, 매장을 채워둘 제품 사입비까지 숨만 쉬어도 나가는 돈이 매달 200만 원 이상이 되었다. 최소 300만 원은 벌어야 고정비를 해결하고 그래도 시아버지가 주신 돈으로 밥벌이는 하고 있다는 소리를 할 수 있을 텐데, 임대료도 감당하지 못하는 쇼룸은 어느새 돈 잡아먹는 장치가 되어 있었다.

쇼룸 계약기간은 2년, 이대로 마이너스 인생이 될 순 없다는 생각에 정신이 바짝 들었다. 가만히 있다간 남편 월급으로 임대료를 내야 하는 최악의 상황이 올 수도 있었다. 그래서 온라인 사업에 다시 집중했다. 돌 전이라 아직 기관에도 보내지 못하는 아이를 데리고 매일 4시간씩 자며 일했다. 지금 생각해도 지나온 날들에 후회가 전혀 없을 정도로 나는 일에 미쳐 있었다. 매주 금요일 밤 아이를 재우고 나면 야시장으로 출근해 밤새 보석 같은 아이템을 쥐잡듯 뒤졌고, 주말에는 제품 촬영을 위해 핫플레이스나 경치 좋은 곳을 찾아다녔다. 또 좋은 곳에 여행이라도 가게 되면 여행지에서 찍을 제품들을 캐리어 한가득 실어 여행을 빙자한 일을 하느라 분주했다. 남들이 팔지 않는 특별한 제품들을 찾고 싶은 마음에 해외 브랜드 제품을 직접 수입해서 팔거나 타 업체와의 차별화를 위해 라이크쏠만의 제품을 손수 제작해서 팔기도 했다. 이런 노력이 하나둘 쌓이면서 점차 사업에 성과가 나기 시작했다.

라이크쏠의 쇼룸은 상가 주택 1층에 있었는데, 2, 3층에는 교직에 있다가 은퇴하신 주인이 거주 중이었다. 주인은 자신이 임대한 상가에 지나다니는 손님이라곤 하나 없으니,

한 번씩 쇼룸을 둘러보며 응원의 말을 건네곤 하셨다. 그런데 시간이 지날수록 문 앞에 쌓이는 택배 박스가 늘어나니, 온라인 사업이 요즘 대세라며 마주칠 때마다 칭찬하셨다. 임대료 한 번 밀린 적이 없었지만 한편으론 걱정이 꽤 되셨던 모양이다.

온라인몰이 점차 자리를 잡으면서 나는 인스타그램을 통해 혼자 월 매출 3,000만 원을 올리는 장사꾼이 되었다. 그어떤 마케팅 비용도 들이지 않고 말이다. 나는 가지고 있는 재고를 상시로 판매하는 일반적인 쇼핑몰과 달리, 일주일에 한 가지 아이템만 집중적으로 판매하는 공동구매 전략을 계속 사용했다. 그래야 아이를 키우면서도 효율적으로 일할수 있었기 때문이다. 일주일 중 나흘간은 제품을 주문받고, 주문이 끝나면 한꺼번에 배송을 보내는 방식으로 일주일에 1~2일만 제품 패킹 및 배송 업무를 처리했다. 제품에 대한 CS 요청도 제품이 배송된 후 한꺼번에 발생하기에 업무의 효율이 훨씬 높았다. 일주일에 한 번씩 수백 장의 송장을 뽑아 수백 개의 택배를 포장하는 일도 온전히 혼자 해냈다. 어느새 나는 남편보다 돈 잘 버는 아내가 되어 있었다.

유튜브
〈돈많은언니〉

＊

그즈음, 여섯 살짜리가 강남의 95억 짜리 빌딩의 주인이 되었다는 뉴스가 퍼졌다. '보람튜브'라는 유튜브 채널의 주인공이 청담동 최연소 건물주가 되었다는 소식이었다. 이를 접한 남편이 갑자기 우리도 제2의 보람이가 되어보자며 유튜브 개설을 제안했다. 'TED'나 '세바시' 같은 강연을 듣거나 가수들의 뮤직비디오를 볼 때나 사용하는 앱으로 알았던 유튜브로 그렇게 큰돈을 벌 수 있다니!

별세계 이야기 같았다. 돈을 벌 수 있을지는 모르겠지만 재미있을 것 같았다. 나는 일단 '루얄패밀리'라는 가족 브이로그 채널을 만들었다. 호기로운 마음가짐과 다르게, 조회수가 급상승하는 소위 '떡상'의 기적은 우리에게 일어나지 않았다. 그래도 매주 영상을 올렸다. 나 혼자 시작한 일이었다면 금세 포기했겠지만, 남편에겐 '성실'이라는 무기가 있었다. 촬영과 편집에 어느 정도 익숙해졌을 무렵, 내 이야기를 할 수 있는 나만의 채널을 만들고 싶다는 욕심이 생겼다. 블로그부터 시작해 자본이나 지식도 없이 1인기업으로 성장한 경험을 나 같은 아이 엄마들에게 알려주고 싶어서였다. 매일의 삶에서 고군분투하고 있을, 과거의 나 같은 이들에겐 내 경험이 분명 도움이 될 것 같았다.

새로운 채널을 구상하며 채널명을 무엇으로 정할지 정말 많이 고민했다. 남편과 머리를 맞대고 앉아 이게 좋을까 저게 좋을까 생각나는 대로 아무 말이나 내뱉다가, 재미있는 에피소드 하나가 떠올랐다.

라이크쏠이 성장하면서 일에 미쳐 살다 보니 인간관계가 점점 협소해졌다. 친한 친구들의 얼굴을 못 본 지도 오래였고 일만 하다 보니 아이 친구 엄마들과도 교류할 기회가 없었다. 그러다가 거주 지역도 같고, 나이도 같고, 결혼한 시기도 비슷한 데다, 아이도 일주일 차이로 낳고, 하는 일까지 비슷한, 한 친구를 알게 되었다. 남편조차 이해해주지 못하는 일에 대한 고충을 '개떡'같이 말해도 '찰떡'같이 알아듣는 친구였다. 우리는 속상한 일이 생길 때면 서로 전화기를 붙들고 하소연하고 위로를 주고받는 사이가 되었다.

이 친구는 나보다 훨씬 더 하루하루를 열심히 살았다. 타고난 체력도 나보다 좋고, 일에 대한 열정도 넘치는데, 손은 어찌나 빠른지 일을 처리하는 속도가 옆에서 볼 때 숨이 찰 정도였다. 가장 가까이에서 서로를 보며 많은 자극을 받게 된 우리는 선의의 경쟁을 하게 되었다. 앞서거니 뒤서거니 하며 우리는 정말 사업적으로 큰 성장을 이뤘다. 돌이켜보면, 정말 고맙고 소중한 나의 귀인 중 하나다. 어느 날, 친구와 함께 서로의 목표가 무엇인지 이야기를 나누게 되었다. 그렇게나 열심히 살고 있는 서로가 정말 어떤 꿈과 비전을 갖고 있는지 문득 궁금해서였다. 그때 당시, 농담 반 진담 반으로 나는 친구에게 이렇게 이야기했다.

"나는 사람들이 나를 이렇게 부르는 게 목표야! 아~ 왜 있잖아, 그 동탄에 돈 많은 언니!!!"

이 에피소드 덕분에 나의 새로운 채널 〈돈많은언니〉가 탄생했다.

N잡러, 폭발적인 소득 증가

구독자 1명(남편)으로 시작한 나의 유튜브 채널은 1개월 뒤엔 37명, 3개월 뒤엔 100명, 5개월 뒤엔 1,000명 그리고 2년이 지나자 10만 명의 구독자를 달성했다. 그러면서 내 인생에 말도 안 되는 기회들이 찾아오기 시작했다.

'나'라는 사람은 그대로였지만 내가 어떤 사람인지 알리기 시작하자 여기저기서 나를 찾는 일들이 많아졌다. 콘텐츠에 대한 사람들의 뜨거운 반응을 경험하고 50페이지짜리 전자책을 만들었다. 조금 더 체계적으로 해당 분야에 대해 알고자 하는 사람들을 도와주고 싶어서였다. 전자책 플랫폼에서 책이 판매되기 시작하니 일대일 컨설팅 요청도 끊임없이 들어왔다. 아침저녁으로 매일 4시간씩 온라인 화상 서비스를 활용해 사람들을 만났다. 그렇게 1년을 살다 보니 컨설팅을 해준 사람들이 300명가량 되었다. 주말을 제외하곤 하루도 빠짐없이 사람들과 만난 셈이었다. 그러는 와중에도 혼자 '라이크쏠'을 운영하면서 월 매출 5,000만 원을 찍었다. 주어진 상황에 감사했지만, 아이를 돌보며 혼자 이 모든 일을 감당하다 보니 체력적으로 너무 힘이 들었다.

정해진 컨설팅 시간은 1시간이었지만, 단 한 번도 1시간으로 교육을 끝낸 적이 없었다. 하나라도 더 알려주고 싶었고, 어려운 환경 속에서 무언가를 해보고자 하는 그들의 절실한 이야기를 조금이라도 더 들어주고 싶었다. 그렇게 집중하다 보면 2시간을 넘어 3시간이 훌쩍 지난 날이 부지기수였다. 이런 날들이 반복되자 점점 노트북을 켜는 시간이 부담스러워졌다. 화면 너머 수강생이 보이면 모든 에너지를 쏟으며 강의하다가 화면이 꺼지면 침대 위로 쓰러지는 날들이 늘어갔다. 스케줄러 가득 채워지는 컨설팅 일정에 감사함과 버거움이 공존하는 시간이 계속되었다. 그런데도 무리한 스케줄을 감행했던 건 통장에 쌓이는 돈 때문이었다.

그즈음 국내 최대 온라인 강의 사이트인 '클래스101'에서 연락이 왔다. 1년 전에도 몇 차례 연락이 왔었지만, 당시엔 VOD 강의를 만들어 판매해 보자는 제안에 자신이 없었다. 하지만 300명 이상의 컨설팅 경험이 생기고 나니 사람들이 공통적으로 무엇을 궁금해하는지, 어떤 부분을 어려워하는지, 언제 혼란을 느끼는지에 대한 레퍼런스가 충분히 쌓인 상태였다.

VOD 강의로 그러한 문제들을 해결해 줄 수 있을 것 같아, 강의를 만들기 시작했다. 인스타 마켓 관련 강의를 론칭하고 1년쯤 지났을 무렵, 다시 '소싱법(판매할 제품을 구하는 방법)' 관련 강의도 추가로 제작했다. 컨설팅을 할 때는 매일 나의 시간과 노력을 들인 만큼 돈을 벌었지만, 대형 플랫폼에 강의를 납품하고 나니 그들이 마케팅 대행은 물론 판매까지 해주는데도 나의 소득이 폭발적으로 증가했다. 가만히 있는데도 매월 수천만 원이 들어오기 시작한 것이다.

본질의 힘으로 이룬 작가의 꿈

나는 《인스타마켓으로 '돈많은언니'가 되었다》라는 내 인생 첫 책을 집필했다. 온라인몰 라이크쏠을 운영하고, 육아와 살림을 병행하며, 매일 컨설팅을 진행하고, 매주 1편씩 유튜브 영상을 찍는 가운데, 매일 새벽 3시까지 글을 썼다. 책 출간 역시 세상에 없던 것을 창조해 내는 작업이다 보니 출산과 맞먹는 고통과 어려움이 있었다. 내가 왜 책을 쓴다고 출판사와 계약했을까 후회한 날들도 많았다. 하지만 단 한 가지 목표만 생각했다. 서점에 내 이름이 적힌 책을 꽂는 것. 이를 상상하면 그보다 더 큰 동기부여도 없었다.

책 집필 과정에서 내 유튜브 채널에 도서 소개 유료광고가 들어왔다. 1인기업 대표들을 위한 성공전략을 담은 책이었는데, 책 제목과 집필 의도가 마음에 들어 구두로 우선 광고를 진행하기로 결정하고 책을 미리 받아보았다. 책을 가만히 읽어보니 저자가 본인의 성공전략이자 수많은 사람을 가르치며 그 효과를 입증한 하나의 이론을 이야기하고 있었다. 그런데 이를 알고 싶으면 본인이 운영하는 온라인 카페로 들어오라는 내용이 적혀 있었고, 결국 책을 모두 읽을 때까지 그 이론에 관한 부분은 끝내 공개하지 않았다. 뭘 알아야 책을 소개할 텐데 핵심이 빠진 느낌이었다. 저자가 운영하는 카페에 들어갔더니 그 이론을 알고 싶으면 저자가 진행하는 300만 원짜리 강의를 들어야 한다는 공지가 있었다. 아니 이게 무슨 기만이란 말인가! 기껏 독자들이 돈을 내고 그의 책을 구매했건만 핵심은 꽁꽁 숨기고 300만 원짜리 본인 강의를 팔기 위한 홍보물을 구매하게 만든 꼴이었다.

그날로 나는 도서 광고 계약을 파기했다. 그깟 광고료 200만 원에 양심 없는 사람의 책을 홍보해 주고 싶지 않았다. 이 경험을 통해 적어도 내 독자들을 기만하는 글을 써서는 안 되겠다는 다짐을 하게 되었다. 나처럼 인스타마켓을 하고 싶은 사람이라면 내 책 한 권만 읽어도 바로 적용할 수 있는 바이블 같은 책을 써야겠다고 생각했다. 결과적으로 내 책은 경제·경영 안에서도 SNS마케팅이라는 작은 카테고리 속에서, 출간 9개월 만에 5쇄를 찍으며 해당 분야의 베스트셀러가 되었다.

모든 배움은
현장으로부터 온다

유튜브 구독자가 2만 명이 좀 넘었을 무렵, 평생교육원을 운영하던 대표님으로부터 협업 제안을 받았다. 정부 지원사업의 일환으로 개인 사업자들을 위한 비대면 교육 서비스가 시작될 예정인데, 메인 강사로 함께해 줬으면 좋겠다는 요청이었다. 수강생 1인당 200만 원짜리 교육 사업인데 수강생들의 자비 부담은 10%에 불과해 경쟁이 어마어마했고 사업 규모도 꽤 컸다. 홀로 일하는 시스템에 지쳐 있던 차에 다른 사람들과 협업하며 큰 프로젝트를 완성해 가는 일이라니 재밌어 보이기도 했고, 내 입지도 단단해질 기회라 여겨 함께하기로 결정했다. 사업성이 좋고 나쁘고를 떠나 결과에 대한 책임을 나눠서 질 수 있다는 것 또한 좋았다. 게다가 강사진들이 나보다 훨씬 구독자가 많은 유튜버 겸 사업가들로 이루어져 있어서 마케팅 측면에서도 내게 플러스였다.

서비스가 시작되자마자, 2,000여 명의 수강생이 모집되었다. 그런데 너무 많은 인원이 한꺼번에 모집되면서 운영 방식에 대한 불만이 여기저기서 터져 나왔다. 우리가 운영한 프로그램은 '온라인 싹모아'라는 교육 서비스였는데, 스마트스토어, 쿠팡, 인스타그램, 블로그, 해외구매대행, 해외직수입과 관련한 모든 온라인 수익화를 위한 강의를 제공하는 것이었다. 프로그램 기획 단계에서 주최 측은 한 사람이 여섯 가지 분야의 사업을 모두 숙지하려면 각 강의당 커리큘럼 개수가 많은 것보단 심플하게 가는 것이 좋겠다고 판단했다. 그래서 강사당 총 10개의 커리큘럼으로 강의 영상을 제작했다.

하지만 예상과 달리 수강생들은 모든 강의를 듣고 싶어

하지 않았다. 그저 관심이 가는 강의 1~2개만 듣는 경향이 강했다. 그렇다 보니 10개짜리 커리큘럼이 충분치 않다는 의견이 나왔다. 게다가 수강생들은 실질적으로 지급하는 비용이 10%였음에도 본인 주머니에서 나간 20만 원이 아닌, 정가 200만 원의 가치에 해당하는 서비스가 제공되고 있는지를 끊임없이 체크했다. 수강생 단톡방에서 시작된 부정적인 의견들이 점차 커지자 운영진 측에 추가적인 대안이 필요한 상황이 되었다.

물론 강사들은 운영팀과 철저히 분리되어 있었기에 해당 문제에 대한 책임을 면할 수 있었다. 하지만 이 과정을 지켜보면서 나는 진짜 살아 있는 사업 공부를 할 수 있었다. 그것도 꽤 큰 강사료를 받으면서 말이다. 나는 모든 사업적 물음과 영감을 100% 소비자 관점에서 생각해야 한다는 걸 깨달았다. 그리고 해당 사업이 진행되는 1년 반 동안 수강생들과 끊임없이 소통하며 그들이 지급한 비용 그 이상의 가치를 주는 강사가 되기 위해 노력했다. 500명이 넘는 사람들과 단톡방에서 매일 질문을 주고받고 1개월에 1번씩은 4주간의 미션을 던져주며 강의를 직접 실행할 수 있는 장치를 만들었다. 또 21일간의 글쓰기 챌린지를 주도하며 동기부여 환경을 만드는가 하면, 프로그램 마감을 앞두곤 비즈니스 서적을 읽고 함께 모여 인사이트를 나누는 시간까지 기획해 다른 강사들과 차별화된 서비스와 만족도를 주고자 최선을 다했다. 덕분에 불만으로 시작한 사업은 박수를 받으며 마무리될 수 있었다.

이러한 과정을 통해 나는 사업을 하다 보면 문제는 언제든 발생할 수 있고, 내가 처음 기획했던 의도와 다르게 흘러갈 수도 있다는 걸 배웠다. 또 말은 전염성이 강한데, 특히 불만 섞인 부정적인 이야기는 빠르게 확산된다는 것도 알 수 있었다. 하지만 이미 벌어진 일에 대한 대응을 핑계가 아닌 상대방에 대한 이해와 진정성을 가지고 처리한다면, 사람들의 마음을 돌릴 수 있다는 것도 배웠다. 결국 한 사람에 대한 판단은 한순간이지만, 그 사람에 대한 평가는 오랜 시간에 걸쳐 완성되는 것이었다. 수강생 2,000명의 강사로 데뷔할 수 있었던 이 일은 잊을 수 없는 사건이자, 사업가로서의 역량까지 키워준 값진 경험이었다.

잘될수록 불안한 삶

　　　　　　개인적으로나 일적으로 끊임없는 성
장곡선을 그리며 나아가는 과정에서, 내가 하나님과 어떤
관계를 이어갔는지 궁금할 것이다. 결혼 후 바로 임신하고
일에 빠져 하루하루를 욕망으로 채워가면서도 나는 늘 그래
왔듯 교회에 나갔다. 하지만 하나님을 찾는 삶은 아니었다.
　　루이가 태어나고 외출이 가능해진 50일 이후부터는 남
편과 함께 매주 주일예배를 드렸다. 코로나가 창궐하던 시
기에도 현장 예배가 가능한 날엔 무조건 교회에 나갔다. 교

회에서 진행하는 성경 공부도 매 학기 참석하고 헌금도 성실히 했다. 이처럼 내게 주어진 시스템 안에서 하나님을 의지했지만, 혼자 성경을 읽거나 기도하는 시간을 갖진 않았다. 정확히 말하자면, 그럴 시간조차 없었다.

나는 "이 세상 가장 높은 통치권자보다 높고, 이 세상 가장 부유한 자보다 부유한 내가 너의 아빠란다" 하고 말씀하셨던 하나님을 뒤로 제쳐두고 있었다. 세상에서는 나의 열심과 능력으로 무언가를 이룰 수 있다고 생각하면서 모든 에너지를 쏟아부었다. 그러다 주일이 되면 하나님 앞에 나와 주입식으로 신앙을 채웠다. 유년기와 청소년기 그리고 성인이 되어 인격적으로 하나님을 만난 그 시기에 열심히 채워 놓은 내 신앙의 잔이 이때의 나를 위해 준비된 것이 아닐까 하는 생각도 들었다.

하지만 일이 잘될수록 마음 한편으로는 계속 불안했다. 과거를 돌아보며 '조금 더 열심히 할걸'이라는 일말의 후회가 없을 정도로 매 순간 최선을 다해 온 나였다. 하루 중 단 10분도 나를 위한 휴식 시간이 없을 정도로 매 순간을 꽉꽉 눌러서 썼다. 그러면서 일에 대한 강박증이 생겼다. 조금이라도 내가 해이해졌다는 생각이 들면 퇴보하는 듯한 느낌이었다. 단순한 일이라도 무언가를 계속해야만 한다는 강박이 점점 커져갔다. 말로는 "하나님께 모든 것을 맡깁니다"라고 하면서도 하나님과 온전한 관계에 있지 못했다.

가난에서 벗어나고 싶다는 나의 간절한 목표에 도달해 어쩌면 가난에서 벗어날 수 있을 것 같다는 희망이 생기면서, 점점 '나'를 위한 열심에 최선을 다했다. 이때까지만 해도 나는 내게 주어진 물질을 축복이라 여기며 이것이 하나님께서 나를 위해 허락하신 보상이라고 여겼다. 내가 하나님의 청지기가 되어야 한다는 생각도, 내게 흘러온 물질을 다시 하나님 나라를 위해 써야 한다는 생각도 하지 못한 채, 나는 알 수 없는 불안감에 잠식되어 갔다.

Chapter 2.

360배의 은사

두 번째 재정교육

어느 날 교회 목사님으로부터 연락이 왔다. 교회에서 청지기 아카데미를 시작할 예정인데, 내가 꼭 신청해서 들으면 좋을 것 같다고 하셨다. 20대 중반, 가진 것이 아무것도 없던 시절에 들었던 청지기 재정학교를 10년이 흐른 뒤 또 만나게 된 것이다. 그때는 먹고사는 데 급급해 십일조할 돈도, 관리할 돈도 없었는데, 어느새 하나님이 내게 많은 물질의 복을 주셨다는 걸 깨달았다.

하지만 통장에 돈이 쌓여갈수록 마음 한편이 어쩐지 불

편했다. 중국 유학 시절, 돈만 주시면 하나님 나라를 위해 모든 재정을 사용하겠다고 그렇게 울부짖었는데, 막상 돈이 생기니 이를 어떻게 써야 하나님께서 좋아하실지 도무지 감이 오지 않았다. 게다가 하나님께서 허락하신 이 돈 중에 내가 어디까지 사용할 수 있고 어디까지 내어드려야 하는지도 알 수 없었다. 목사님의 전화를 받고 보니 지금이야말로 내가 청지기 교육을 받아야 할 적기라는 생각이 들었다. 그래서 나는 다시 12주 과정을 시작했다.

청지기 재정학교를 통해 가장 크게 배운 것이 있다면 물질은 신앙의 복이 아니라는 것이었다. 물질은 은사다. 하나님을 잘 믿지만 가난한 사람이 있고, 하나님을 모르지만 부한 사람도 있다. 하나님은 절대 '돈'을 축복의 도구로 삼지 않으신다. 하나님께서 주신 복은 그것을 혼자 온전히 누려도 하나님께서 책망하지 않으신다. 하지만 은사는 내가 그것을 제대로 사용하지 않으면 하나님께 빚을 지는 것이 된다. 은사는 하나님 나라를 위해 쓰라고 주신 선물이기 때문이다.

초등학교 6학년 무렵, 방언의 은사를 받았다. 어렸지만,

방언에 대한 사모함이 있었다. 두 손을 높이 치켜들고 하나님께 방언을 달라며 울고불고 떼를 썼다. 교회에서 방언 은사 기도회를 한 적이 있는데, 나는 맨 앞자리에 앉아 기도 시간 내내 방언을 달라고 간절히 부르짖었고 부흥 강사님의 손이 머리에 닿자마자 방언이 터져 나왔다. 이처럼 은사는 간절히 사모하면 하나님께서 분명 값없이 주신다. 하지만 값없이 주신만큼 그것을 값지게 써야 한다. 나를 위해서가 아닌 하나님 나라를 위해서.

물질도 마찬가지다. 물질을 신앙의 복이라고 여기는 사람들이 많다. 그래서 하나님께서 물질을 주시면 그것을 온전히 누려도 된다고 착각한다. 하지만 물질은 은사이기에 이를 잘 다루기 위한 훈련을 먼저 해야 한다. 그렇지 않으면 물질이 하나님과 나 사이를 멀어지게 하는 저주가 된다.

† 적은 소득이 공의를 겸하면 많은 소득이 불의를 겸한 것보다 나으니라 (잠언 16:8)

한국 청지기 아카데미(10년 전엔 크라운 재정학교로 불리었다)는 해당 과정을 2회 수료하면 리더 교육을 받을 수 있는 자격을 준다. 나는 10년 전 수료한 기록이 있었기에, 10년 후 다시 교육을 수료한 뒤 바로 리더 교육까지 이수할 수 있었다. 그리고 지금 나는 교회 안에서 청지기 재정학교의 인도자로 모임을 이끌고 있다. 상황이 허락하는 한 이 자리를 놓는 일은 결코 없을 것이다. 청지기 재정학교를 통해 역사하시는 하나님의 놀라운 경험을 너무나 깊게 체험했기 때문이다.

청지기 재정학교 리더 교육을 받을 당시엔, 이해되지 않는 부분이 있었다. 바로 리더 교육을 진행하는 청지기 아카데미의 운영진들이 다들 나이가 지긋한 60~70대들이라는 것이었다. 10년 전 내가 청지기 재정교육을 들을 때 운영진으로 계셨던 분들이 여전히 그 자리에 계셨다. 리더 교육을 받을 때도 내가 가장 나이가 어렸는데, 37세인 나더러 청년부냐고 물었을 정도로 해당 과정을 듣는 이들 가운데 젊은 사람은 없었다. 10년 전 교육을 받을 때도 20대는 나 혼자였듯 10년이 지난 후에도 마찬가지였다.

그런데 청지기 재정교육을 받은 사람들은 하나님이 부어

주시는 넘치는 은혜로, 매 학기 청지기 재정교육의 리더로 모임을 이끌며 그 내용을 지속적으로 삶에 새기고 있었다. 나 역시 이를 경험했기에 아무리 힘들고 시간이 없어도 리더를 놓고 싶지 않았고, 나의 리더 또한 같은 이유로 이 재정교육을 교회 내에서 지속적으로 운영하고자 최선을 다하고 계시다.

재정교육 프로그램을 경험해 본 사람들은 이 과정이 얼마나 귀하고 은혜로운지 알게 되지만, 막상 이 안으로 들어오려고 하는 사람은 너무나 적은 것이 현실이다. 이런 상황을 보며 하나님께서는 청지기의 역할을 감당할 수 있는 사람에게만 들을 만한 귀를 허락하시는 게 아닐까 하는 생각이 들었다. 이미 10년 전 아무것도 가진 것 없던 내가 청지기 재정교육을 듣기로 결정한 그날부터 하나님께서는 내게 성경적 재정원리를 배우게 하시고 10년간 청지기로서 훈련받게 하셨다.

두 번째 청지기 재정교육을 들으며 나는 하나님께서 왜 내게 물질의 은사를 주셨는지 확인할 수 있었다. 지난 10년간 나도 모르는 사이, 내가 하나님의 재정원리에 따라 살아가고 있었던 것이다.

† 그 주인이 이르되 잘하였도다 착하고 충성된 종아 네가 적은 일에 충성하였으매 내가 많은 것을 네게 맡기리니 네 주인의 즐거움에 참여할지어다 하고 (마태복음 25:21)

성경은 2,350개 이상의 구절을 통해 돈과 물질에 대한 하나님의 방법을 이야기한다. 과거에 나는 경건한 신앙은 가난에서 나온다고 믿었고, 부는 악한 것이며 나와 하나님의 관계를 멀어지게 만들고 부정한 것이라는 생각에 빠져 있었다.

† 보라 내가 오늘 생명과 복과 사망과 화를 네 앞에 두었나니 곧 내가 오늘 네게 명령하여 네 하나님 여호와를 사랑하고 그 모든 길로 행하며 그의 명령과 규례와 법도를 지키라 하는 것이라 그리하면 네가 생존하며 번성할 것이요 또 네 하나님 여호와께서 네가 가서 차지할 땅에서 네게 복을 주실 것임이니라 (신명기 30:15~16)

하나님께서는 자신을 사랑하고 순종할 때 번성과 복을 약속하셨다. 성경을 읽으며 물질은 악한 것이 아니라 우리가 하나님 나라를 위해 책임져야 하는 도구이며, 경건은 가난에서 오는 것이 아닌 신실함에서 오는 것임을 깨달았다. 아브라함이 그러했듯, 요셉이 그러했듯, 욥이 그러했듯 하나님께서는 우리가 풍족하게 살기를 원하신다는 것을 재정 교육을 통해 알게 하셨다.

그리고 내게 허락하신 물질의 소유권이 내게 있는 게 아니라는 것과 언제든 하나님을 위해 내어드릴 훈련을 지속적으로 해야 한다는 것도 깨닫게 하셨다. 자연스럽게 '나'를 위한 열심은 '하나님 나라'를 위한 열심으로 바뀌었고, 비로소 하나님의 신실한 청지기가 되리라 마음먹었다.

물질을 맘몬(재물신)이라고 부른다. 맘몬은 '사람이 하나님보다 더 의지하는 것'을 뜻한다. 돈을 벌고 나니 돈이 무서워졌다. 돈과 행복은 상관관계가 없다는 말은 철저히 거짓이다. 이 세상엔 돈으로 해결할 수 있는 것들이 넘쳐나고 돈이 많다는 이유만으로 나를 만나고 싶어 하는 사람들도 늘어났다.

어느새 돈이 신을 대신하는 시대가 되었다. 분별하지 않으면, 정신을 똑바로 차리지 않으면, 하나님보다 돈을 더 중시하는 내가 될 수도 있겠다는 생각이 들었다. 하나님은 그 누구보다 우리에게 복을 주길 원하신다. 하지만 하나님은 그 무엇보다 우리와 친밀하기를 더욱 원하신다. 그러니 우리는 물질보다 중요한 것은 하나님의 은혜로 얻은 영생이란 것을 잊지 말고, 청지기 사명을 잘 감당할 수 있는 만반의 준비를 해야 한다.

방향을 잡은
나의 열심

가야 할 길을 먼저 걸어가고 있는 인생 선배를 만난다면, 분명한 롤모델이 있다면, 인생의 난도가 몇 단계쯤 낮아질 것이다. 원래 제일 어려운 것이 개척자의 길이니 말이다. 오랜 시간 롤모델을 찾고자 여기저기 기웃거렸으나, 수년간 마땅한 사람을 찾지 못하고 있었다. 그런데 청지기 재정교육을 시작하고 얼마 지나지 않았을 때 한 사람을 알게 되었다. 30대에 이미 3,000억 대 자산가가 된 ㈜디쉐어 현승원 의장이었다.

롤모델로 길을 찾다

몇 날 며칠, 밤을 새우며 현 의장의 수많은 간증 영상을 보고 그의 저서 《네 마음이 어디 있느냐》를 읽었다. 하나님께서는 이를 통해 '청지기로서의 삶'에 대한 예시와 정의를 다시금 나에게 시각화해 주셨다. 그는 가진 것 모두를 하나님께 내어드리는 것은 물론, 하나님께서 부어주실 또 다른 은혜와 그가 내 삶을 책임져 주시리란 강한 믿음으로 가진 것 이상을 나누는 삶을 살고 있었다. 또 하나님 나라의 확장을 위해 전 세계에 100개의 학교를 짓겠다 선포하고 선교사역도 감당하고 있는 현 의장의 행보는 내게 선한 동기를 불러 일으키기에 충분했다.

사실 현승원 의장의 존재를 안 것은, 수년 전부터였다. 그의 첫 번째 책 《믿음 주는 부모 자존감 높은 아이》를 접하며 그가 성공한 기업인이며 대단한 영향력을 갖고 있다는 걸 알 수 있었다. 하지만 당시의 나는 이 책을 루이를 위한 육아지침서 정도로만 생각하고 구매했고 현 의장을 롤모델로 삼아야겠다는 생각까지는 하지 못했다. 그저 나와는 다른 세계에 있는 사람이라고 여겼기 때문이다. 그러나 시간이 흘러 하나님은 내게 그분의 나라를 위한 선한 욕심을 품게 하셨고, 현 의장을 통해 내가 앞으로 가야 할 길을 배울 수 있게 하셨다. 고작 나 하나 잘 먹고 잘살기 위해 아등바등이었던 미련한 열심이 드디어 제대로 된 방향을 찾은 듯했다.

† 그는 뜻이 일정하시니 누가 능히 돌이키랴 그의 마음에 하고자 하시는 것이면 그것을 행하시나니 그런즉 내게 작정하신 것을 이루실 것이라 이런 일이 그에게 많이 있느니라 (욥기 23:13~14)

나의 지난 시간들이 하나님의 큰 뜻에 따라 이제야 하나로 꿰어지는 것 같았다. 오직 순종과 감사로 하나님께서 이루어가실 일을 기대하며 나의 열심은 비로소 생기를 얻었다.

하나님의 방식대로 돈을 벌다

그 전까지 채워지지 않는 욕심은 목적 없는 열심만 가중시켰다. 더 좋은 집, 더 좋은 차, 더 좋은 것들에 대한 욕구가 커져가는 상황이었다. 가난한 현실을 직면하고 목놓아 울던 그 시절에 나는 빼곡히 들어서 있던 아파트들을 보며 이렇게 생각하곤 했다.

'세상에 집이 이렇게 많은데, 왜 우리 세 식구 편히 쉴 만한 집 한 채가 없는 것일까?'

시간이 흘러 누구나 살고 싶어 하는 곳에 번듯한 내 집이 생겼다. 그런데도 나는 더 넓은 곳, 더 쾌적한 곳을 계속 욕심냈다. 충분히 좋은 차를 타고 있었음에도 내가 어떤 차를 타느냐가 신분 상승을 드러내는 지표라 생각하며 더 좋은 차를 탐내고 있었다.

하지만 하나님의 이끄심을 발견하게 되면서 그 모든 욕심과 탐욕으로부터 자유로워졌다. 이제는 하나님께서 허락하신 물질을 내가 아닌 누구에게 쓰느냐가 더 중요해졌다. 물질로 인해 하나님과 멀어져 내가 주인이 되는 삶을 살지 않으려면, 그 어느 때보다 하나님을 붙잡는 시간이 필요했다. 하나님의 음성을 더 귀 기울여 들어야 하고 하나님과 더욱 긴밀한 관계가 되어야 했다.

나는 가장 먼저 컴패션이라는 기독NGO를 통해 20명의 후원 아동을 늘렸다. 교회에서도 물질이 필요한 곳이라면 아깝다는 생각이 들기 전에 먼저 물질을 보냈다. 선교지에 필요한 TV와 노트북 등도 후원했다. 하나님께서 하라면 하고 멈추라면 멈출 수 있는 분별이 필요했다. 그렇게 하나님을 의지하는 삶을 넘어 하나님을 찾아가는 삶을 회복하기 시작했다. 바쁘다는 핑계로 미뤄두었던 성경을 읽고, 매일 밤 골방 기도를 하며 하나님과의 은밀한 대화를 시작했다. 자연스럽게 예배가 회복되었고 예배에 대한 사모함이 커졌으며 설교 말씀이 내게 응답의 말씀으로 다시 살아 움직이기 시작했다.

† 여호와의 교훈은 정직하여 마음을 기쁘게 하고 여호와의 계명은 순결하여 눈을 밝게 하시도다 여호와를 경외하는 도는 정결하여 영원까지 이르고 여호와의 법도 진실하여 다 의로우니 금 곧 많은 순금보다 더 사모할 것이며 꿀과 송이꿀보다 더 달도다 (시편 19:8~10)

내 삶은 그대로이고 하루하루는 여전히 분주했지만, 열심의 이유를 하나님께 맞추고 나니 비로소 공허함이 채워졌다. 이전까진 세상 속에서의 나와 교회에서의 내 모습을 철저히 분리시킨 채 살아왔지만, 이젠 삶이 곧 예배가 되도록 일상의 경건함을 위해 노력하기로 했다.

세상에서도 어떤 방법으로 돈을 벌었는지는 대단히 중요한 문제다. 1만 원이 똑같은 1만 원이고 1억 원이 똑같은 1억 원이지 무슨 소리냐고 반문할지 모르지만, 돈의 꼬리표는 그 돈의 질과 수명을 좌우한다. 생각해 보라. 50년간 분식집을 운영한 할머니가 평생 모은 적금을 대학교 장학금으로 쾌척한다면 그 돈은 액수와 상관없이 명예로운 돈이 되어 뉴스에 보도되지 않는가! 그 돈은 분명 누군가를 키우고 누군가를 살리는 데 쓰여 기부한 금액보다 훨씬 더 큰 가치로 사회에 환원될 것이다.

하나님의 청지기로 살고자 한다면 내가 버는 돈의 출처 역시 중요하다. 하나님 나라를 위해 사용될 돈이라면 세상의 방식이 아닌 하나님의 방식으로 벌어야 한다. 하나님이 사용하시기에 부끄럽지 않은 돈이 되어야 한다. 하나님의 기업을 만들고 싶다는 새로운 사명이 꿈틀댔다. 하나님의 마음에 합한 기업, 기업의 설립 목적과 존재 이유 또한 하나님이 보시기에 좋았노라 말씀하실 그런 기업을 만들고 싶어졌다. 내 돈의 꼬리표에 '하나님'을 붙일 수 있는 일이 무엇일지 본격적인 고민이 시작됐다.

It's show time!

유튜버로 유명세를 얻게 되면서 강의 기회가 점점 더 많아졌다. 대기업은 물론 정부기관, 전국 문화센터, 여러 온라인 강의 플랫폼 등에서 섭외 연락이 왔다. 사실 나는 대학 졸업 후 아나운서에 도전했다가 처참히 실패했다. 하지만 여러 일을 거쳐 블로그를 통해 엄마 식당의 반찬을 팔던 시기에도, 대중 앞에서 말하는 직업에 대한 꿈을 버리지 못하고 있었다. 그래서 국비지원 과정을 통해 홍대입구에 있던 강사양성 전문학원에 등록했다. 해당 과정에서 우수 강사 수료를 할 경우 강사로 활동할 기회를 얻을 수 있다는 것이 메리트였다. 나는 한 주도 빠짐없이 수업에 참석했고 3개월간의 강사 과정이 끝나던 날, 압도적인 점수로 우수 수료생이 되었다. 하지만 학원에서는 내게 그 어떤 강의 기회도 주지 않았다. 강의를 연결해 주겠다던 강사님들 역시 별다른 연락이 없었다.

돌이켜보면, 당시의 나는 강사의 본질인 '메시지'가 아닌 그저 외형적인 강사의 모습에 집착했던 것 같다. 단정한 모습으로 강단에 올라 수많은 사람 앞에서 말하는 것이 그저 멋있게 보였던 것이다.

그런데 그 꿈이 무려 10년이 지난 후 이루어졌다. 온라인 몰을 통해 버는 돈보다 강의로 들어오는 돈이 훨씬 많아졌다. 강사료 역시 내가 부르는 대로 결정됐다. 나는 어느새 몸값 비싼 강사가 되어 있었다. 한번은 기업 사내 직원 대상 강의를 하게 되었다. 700명을 대상으로 하는 2시간짜리 강의였다. 강의를 준비하던 내게 남편이 긴장되지 않느냐고 물었다. 나는 한마디로 대답했다.

"It's show time!"

내가 그토록 원하던 기회가 이제 막 인생에 펼쳐지기 시작했는데, 긴장할 게 무어냐고! 물론 전혀 떨리지 않았다고 하면 거짓말이겠지만, 긴장보다는 설렘이 훨씬 컸다. 강의가 끝난 뒤 회사 대표님으로부터 극찬을 받았다. 해당 기업에서 판매하는 제품 중 필요한 것이 있다면 모두 지원해 주겠다는 약속까지 받았다. 이런 경험을 통해 나는 좋아하는 일로 돈을 버는 즐거움도 느낄 수 있었다. 더구나 내가 생각하는 것보다 훨씬 더 많은 돈을 벌 수 있다는 가능성을 확인하는 건 정말 짜릿한 일이었다.

네가 진짜 되고 싶은 게 뭐야?

강의가 점점 더 많아지고 강의 시장에서 어떻게 하면 더 많은 돈을 벌 수 있을지가 눈에 보이기 시작했다. 흔히들 말하는 '일타강사(일등 스타강사)'도 잘만 하면 될 수 있겠다는 생각도 들었다. 열심히 강사 활동을 하다가 협회를 만들고 민간 자격증까지 발행하면 이쪽으로 사업을 확장할 수 있겠구나 싶었다. 다만 시간의 한계 때문에 쇼핑몰에 들이는 시간이 줄면서 이로 인한 매출도 자연스럽게 떨어졌다. 그런데도 개인적인 수익은 점점 늘었다.

나는 선택의 기로에 놓였다. 고객을 상대할 필요도 없고 제품 배송이나 고객 응대에 신경 쓰지 않아도 되는, 무엇보다 내가 훨씬 더 잘할 수 있고 좋아하는 일로 돈 벌 기회가 왔으니 쇼핑몰을 정리하는 게 좋지 않을까? 하지만 한 가지가 계속 마음에 걸렸다. 인스타 마켓으로 돈 버는 방법을 알려주던 강사가 본인은 인스타 마켓을 운영하지도 않으면서 과거의 경험만 파는 게 맞을까? 스스로 용납이 안 되었다.

물론 강사는 본인이 잘하는 것도 중요하지만, 잘 가르치는 것이 훨씬 중요하다고 생각한다. 그렇지만 수강생들에게 "인스타 마켓 하세요!"라고 말하면서 정작 본인은 강의로 돈을 버는 건 오랫동안 지켜봐준 사람들을 기만하는 행위처럼 느껴졌다.

이런 고민을 털어놓았을 때, 남편이 물었다.

"여보가 진짜 되고 싶은 게 뭐야? 강사야, 사업가야?"

수많은 사람을 대상으로 컨설팅하면서 본인이 하고 싶은 일, 본인이 진짜 원하는 목표가 무엇이냐고 수백 번을 물었던 나였다. 하지만 이에 관한 질문을 정작 나 자신에게 해본 적이 없었다. 이 같은 남편의 질문으로 내 인생은 터닝포인트를 맞게 되었다.

결국은 사람
그리고 사랑

꾸준히 나를 성장시킬 수 있는 방법은 없을까? 되고 싶은 게 무엇인지 알았으니 준비가 필요했다. 그러던 어느 날, 제품 셀렉을 위해 동대문 야시장에 갔다가 돌아오는 길이었다. 유튜브 앱을 여니 평소 존경하는 김미경 대표의 라이브 방송이 진행 중이었다. 그녀는 독서의 중요성에 관해 이야기하면서 삶의 주도권을 가져갈 수 있는 유일한 방법이 바로 책 읽기라고 거듭 강조했다. 성장에 대한 갈증을 느끼고 있던 터라 그 이야기가 더 깊게 와닿았다.

나는 집에 도착하자마자 인스타그램 피드에 글을 올렸다. 북클럽 모집 게시글이었다.

"함께 책을 읽고 성장하실 분들을 모집합니다."

모집 인원은 10명! 매주 한 권의 책을 읽고 금요일 밤에 온라인으로 만나 서로의 인사이트를 나누는 방식이었다. 순식간에 10명이 채워졌다. 평범한 가정주부부터 사업가, 교수, 아나운서, 대기업 종사자까지 다양한 분야에서 일하는 사람들이 함께하게 되었다. 그런데 시간이 흐르면서 신기한 일이 일어났다. 단순히 책을 읽으려고 시작한 모임인데 책을 통해 나뿐만 아니라 북클럽 멤버들의 삶에 하나둘 눈에 띄는 변화가 일어난 것이다. 매주 모여 고민을 나누고 책에서 방법을 찾으며 하루하루의 실행을 쌓아가니 굳이 "이렇게 하세요"라는 말을 하지 않아도 각자가 저마다의 성공방정식을 발견해 가고 있었다.

모집 당시 "책 한 권 제대로 읽어보지 못한 저도 북클럽에 들어갈 수 있나요?"라며 조심스럽게 문의했던 두 아이의 엄마는 어느새 습관형성 커뮤니티의 수장이 되었다. 프리랜서 아나운서로 일하던 친구는 본인의 경험과 업을 연결 지어 정부지원금으로 사업을 시작했고, 퇴사하고 자신의 일을 하는 게 목표였던 워킹맘도 사업장을 오픈하게 되었다. 이러한 경험이야말로 아무리 바빠도 책을 손에서 놓을 수 없게 만드는 강한 원동력이 되었다. 매달 99,000원이라는 적지 않은 돈을 내면서 나와 함께 1년간 책 읽기를 한 이들의 성장과 변화를 곁에서 목격하는 나도 더없이 기쁘고 감사했다.

사실 1년간 이 북클럽을 운영하면서 내가 얻은 가장 큰 변화는 따로 있었다. 바로 '사람'에 대한 태도였다. 나는 개인주의적인 성향이 강한 편이라 타인에게 도움을 요청하는 것도, 도움을 주는 것도 싫어 했다. 그냥 타인에게 피해를 주지 않는 선에서 나 하나 잘 먹고 잘살면 된다고 생각해 왔다. 그래서 대인관계에서 적당한 거리감을 두는 게 편했다. 북클럽을 시작할 때도 다르지 않았다. 유료로 운영하는 프로그램인 만큼 그들이 지급한 금액에 대한 책임은 확실히 지겠지만, 굳이 사람들과의 관계에 큰 기대를 갖고 있진 않았다. 이해관계로 얽힌 사이라 오히려 사적인 감정을 섞으면 안 된다는 생각도 했다.

북클럽을 신청했다가 도중에 모임을 떠나는 사람도 생겼다. 그럴 때는 '내가 뭘 잘못했나? 내가 많이 부족했나?' 하는 생각으로 헤어짐의 원인을 나 자신에게 찾았는데, 그러면서 사람들과의 관계에 적정 온도를 따졌던 것 같다. 내가 제공하는 서비스가 마음에 들지 않으면 언제든 떠날 수 있는 사람들에게 정을 주면 나 역시 서운하고 섭섭한 마음이 커질 것 같아서였다. 그런데 책을 읽고자 모여 자신의 삶을 나누던 사람들이 점점 내 인생에 깊이 관여하기 시작했다. 내가 하는 일을 순수한 마음으로 응원해 주고 내가 잘되면 마치 본인의 일인 것처럼 함께 기뻐해 주었다.

외동딸로 자라서 1인기업으로 오랜 시간 혼자 일하면서 무엇이든 홀로 책임지고 처리하는 걸 당연하다고 여긴 나였다. 어느 정도였느냐 하면, 한번은 육아용품을 판매하다가 KC인증 문제로 경찰 조사를 받아야 했는데 남편이 경찰서에 함께 가겠다며 월차를 썼다. 그때 처음 알았다. '이런 일에 남편이 함께 가줄 수도 있는 거구나!' 당연한 것 아닌가 생각할 사람이 대부분일 테지만, 그때까지도 나는 그 모든 걸 혼자 처리하는 것에 익숙했다. 하지만 북클럽을 하며 어느 순간 이 모든 사람이 내가 하는 일에 관심을 두고 연대적인 책임감을 갖고 있다는 걸 느끼게 되었다. 클럽원들에게 나는 '남'이 아닌, 열심히 사는 기특한 '내 동생'이 되어 있었던 것이다.

1년간의 북클럽 운영을 마감하며 1박 2일 부산 여행을 기획했다. 꽉 차 있는 스케줄 때문에 밤 11시에 부산행 기차를 타서 새벽 1시가 넘어서야 부산에 도착했다. 서서히 밝아오는 아침을 보며, 시간 가는 것이 아까울 정도로 우리는 많은 이야기를 나눴다. 따뜻한 서로의 말 한마디에 웃다가 눈을 마주치면 누가 먼저랄 것도 없이 우는 일이 반복되었다. 1년이란 시간을 함께해 준 이들 덕분에 나는 삶에 가장 중요한 가치를 얻게 되었다. 내 주변을 둘러싸고 있는 사람들에게 더 많이 의지해도 그리고 더 많이 뜨거워져도 된다는 것을 말이다. 우리의 삶을 가치 있게 만드는 건 결국은 사람 그리고 사랑이었다.

† 그러므로 그리스도 안에 무슨 권면이나 사랑의 무슨 위로나 성령의 무슨 교제나 긍휼이나 자비가 있거든 마음을 같이하여 같은 사랑을 가지고 뜻을 합하며 한마음을 품어 아무 일에든지 다툼이나 허영으로 하지 말고 오직 겸손한 마음으로 각각 자기보다 남을 낫게 여기고 각각 자기 일을 돌볼뿐더러 또한 각각 다른 사람들의 일을 돌보아 나의 기쁨을 충만하게 하라 너희 안에 이 마음을 품으라 곧 그리스도 예수의 마음이니 (빌립보서 2:1~5)

고품격 판갈이

1년간 운영한 북클럽을 끝내고 나는 한층 진화된 버전의 북클럽을 만들었다. 프로그램 모집 정원을 10명에서 50명으로 늘리고 온라인 모임도 주 1회에서 주 3회로 바꿨다. 월요일에는 회원 대상으로 30분간 책에 관한 나의 인사이트를 나누고 1시간은 매주 정해진 발제자들이 책 내용을 정리해 발표했다. 수요일엔 매주 다른 주제의 특강이 진행되었고, 금요일엔 주차별 10명씩 한 조가 되어 책 기반의 인사이트를 나누는 시간으로 진행했다. 정해진 모임 시간은 1시간

30분이었으나 이야기하다 보면 매번 새벽 2시가 다 되어서야 모임이 끝나곤 했다. 특히나 금요일에는 일에 대한 회원들의 고민이나 나의 사업 관련 경험들을 나누느라 새벽 4~5시까지 이야기를 꽃피울 때가 많았다. 우리는 이런 시간을 '2부 타임'이라고 불렀는데, 공식 모임이 끝난 후 원하는 사람들만 남아 사업 관련 고민을 나누고 집단 지성을 발휘해 이에 대한 조언과 해결 방안들을 찾는 시간이었다. 그들 중엔 일주일에 남편 얼굴을 보는 시간보다 내 얼굴을 보는 시간이 더 많다고 하는 이가 있을 정도였다.

50명이나 되는 사람들이 모이다 보니, 전국 각지의 다양한 분야의 사람들을 만날 수 있었다. 대다수는 나보다 능력 있는 사람들이었는데, 적당한 기회를 만나지 못해 그 능력을 발휘하지 못한 케이스였다. 나는 새로운 북클럽에 '스탠드 펌stand firm(굳게 선다는 뜻)'이라는 이름을 붙이고 일주일에 1번, 매달 4번 이상 결석할 경우 다음 달에는 등록할 수 없는 패널티도 넣었다. 그런데도 스탠드 펌은 연장 등록하는 이들이 많아 매달 겨우 2~3명의 자리만 나올 정도로 인기였다. 새로 들어오는 사람은 소수였지만 우리는 첫 달, 첫 시간에는 항상 자기소개 시간을 가졌다.

스탠드 펌이 운영된 지 3개월쯤 지나자, 회원들의 자기소개 내용이 달라지기 시작했다. 어마어마한 효과였다. 사실 이러한 변화는 회원들이 더 빠르게 감지했고 스탠드 펌의 가치를 회원들이 더 높게 평가하게 되었다. 그렇게 스탠드 펌은 한 번 들어간 사람은 나오지 않는 곳으로, 또 사람들을 줄 세우는 북클럽으로 인정받게 되었다.

수요일 특강 때는 외부 강사를 섭외하기도 했으나, 북클럽 회원 중에 특별한 경험이 있거나 강의 콘텐츠가 있는 분에게는 특강 기회를 주기도 했다. 그렇게 한 주 한 주 기회를 얻은 분이 많아지고 강의를 통해 배움을 주고받는 시간이 누적되다 보니 신기한 일이 벌어졌다. 누군가에게 받는 입장이었던 사람들이 '빚진 마음'을 갖게 되면서 성장을 통해 다른 이에게 나누고 싶다는 강한 동기부여를 받게 된 것이다. 단지 나는 환경만 세팅해 주었을 뿐인데 사람들이 알아서 움직이기 시작한 것이다. 직업이 바뀌고, 직장이 바뀌고, 돈이 들어오는 파이프라인이 하나 더 늘어나는 일들이 비일비재해지자, 이 모임에서는 그저 가만히 있으면 오히려 이상해지는 상황이 되었다.

한 사람씩 붙잡고 일대일 컨설팅을 하던 시기에는 이거 해라 저거 해라 하면서 아무리 설득해도, 끝나고 나면 다시 과거로 돌아가거나 포기하는 사람이 부지기수였다. 하지만 북클럽으로 시작된 이 모임에서는 내가 굳이 시키지 않아도 자발적으로 행동하고 결과를 만들어 내는 사람들이 계속 나왔다. 또 하나의 고무적인 성과도 있었다. 이 모임 안에 느슨한 연대가 이뤄지고 있다는 것이었다. 비즈니스적으로 서로 시너지를 낼 방법을 모색하며 '따로 또 같이' 일하는 사례들이 하나둘 생겨났다. 셀러와 쇼호스트가 함께 일하고, 문화 콘텐츠 기획자와 강사가 함께 일하고 마케터와 유튜버가 함께 일했다. 결국 강제성보다 힘이 센 건 스스로 동기부여할 수 있는 환경이라는 사실을 깨달았다. 내가 만든 판에서 사람들이 성장하는 모습을 볼 때는 강사로 활동할 때와는 또 다른 뿌듯함이 있었다. 결국 내가 가진 영향력을 발휘할 곳은 건강한 '판'을 깔아주는 일이라는 걸 알았다.

'고품격 판깔이', 그렇게 새로운 장래 희망이 생겼다.

장사꾼에서
사업가로

　　나의 일이 여러 분야로 확장되고 해야 할 일들이 많아지면서 내가 '라이크쏠'에 쓸 수 있는 시간이 크게 줄었다. 그래서 직원을 채용하기로 했다. 마침 6개월간 인건비를 지원해 주는 정부 지원 프로그램에 선정되면서 직원 채용에 대한 부담을 줄일 수 있었다.

　　나는 디자이너와 MD를 채용한 뒤, 라이크쏠의 성장을 위한 새로운 방법들을 모색했다. 그동안 해보고 싶었으나 인력의 한계로 할 수 없었던 일을 시도해 보기로 했다. 사실 오래전부터 나는 제품을 파는 일 말고 라이크쏠 안에서 문화를 파는 일을 해보고 싶었다.

직원들과 함께 이런저런 '뻘짓'들을 벌였다. 콘텐츠 제작을 이유로 직원들이 업무 시간 내내 만들기만 하다 퇴근하거나 풀칠만 하다 집에 돌아가는 날도 있었다. 소기의 성과를 달성하긴 했지만 직원들과 합을 맞추는 부분이 난제였다. 직원을 뽑은 건, 라이크쏠에 투입되는 나의 시간을 줄이고 내가 해야 할 다른 일들에 더 집중하고 싶어서였다. 그래서 직원들이 주체적으로 라이크쏠을 운영해 주길 바랐지만, 그들은 자신들이 하고 싶은 방식이 아닌 대표의 취향을 맞출 방법들을 찾으려 했다. 내 눈치를 보는 시간이 늘고, 디자이너와 MD 사이에 보이지 않는 긴장감 같은 것들이 생기면서 결국 라이크쏠엔 이도 저도 아닌 상태가 지속되었다.

6개월의 인건비 지원 기간이 끝났을 때, 내게는 또다시 선택의 시간이 돌아왔다. 직원들을 이대로 해고할 것인지 아니면 정직원으로 재계약할 것인지에 대한 선택이었다. 사실 직원들과 함께한 6개월 동안 라이크쏠에는 이렇다 할 성과가 없었다. 오히려 혼자 라이크쏠을 운영할 때보다 매출이 점점 떨어지고 있었다. 사람은 늘었으나 뚜렷한 성과가 없는 마당에, 이젠 인건비의 100%를 내가 부담해야 하는 상황이 된 것이다. 다시 1인기업 체계로 가야 할지 직원들과 함께 더 해야 할지를 오랜 시간 고민했다. 그런데 문득, 이런 생각이 들었다.

'직원들을 그만두게 하는 건 앞으로의 라이크쏠 운영에 자신감이 없다는 방증이자 스스로 퇴보하는 선택이 아닐까?'

나는 직원들과 함께 가는 길을 선택했고 그들과 지금도 함께 일하고 있다. 지금은 그때의 선택에 일말의 후회도 없을 정도로 두 직원 모두 우리 회사에 없어서는 안 될 소중하고 감사한 존재들이 되었다.

브랜드마다 제품을 파는 방식은 다르다. 어떤 곳은 신생아용품, 유아용품, 주니어용품처럼 특정 연령의 타깃을 중심으로 물건을 판매하고, 어떤 곳은 주방용품, 생활용품, 자동차용품처럼 특정 카테고리의 제품을 취급하기도 한다. 그런데 라이크쏠은 루이의 생애주기와 연동되는 방식으로 제품을 판매해 왔다. 루이가 갓 태어났을 땐 신생아용품을, 루이가 자라면서는 아동복과 교구, 유아 전용 식기류 등을, 루이가 유치원에 들어가면서는 교육용 제품들을 파는 식으로 말이다. 그렇다 보니 루이와 비슷한 또래의 아이들을 키우고 있는 엄마들을 쭉 고객으로 끌고 가는 것이 가능했다. 아이의 성장 시기마다 라이크쏠이 먼저 필요한 제품들을 제안하고 그중 가장 좋은 제품들을 추천하는 시스템에 익숙한 단골 고객들도 많았다.

그런데 루이가 여섯 살, 일곱 살 나이를 먹어가자 팔 수 있는 제품들이 줄어들었다. 내부적으로 무언가 변화가 필요했다. 때마침 게리 바이너척Gary Vaynerchuk의 책들을 읽게 되었다. 그는 아버지가 운영하던 와인 가게를 물려받았다. 그리고 '와인 라이브러리'라는 유튜브 채널을 통해 해당 사업체를 비약적으로 성장시켰다. 그런데 바이너척의 다음 행보는 와인 사업의 확장이 아닌, 미디어 사업을 키운 것이었다. 그는 SNS의 중요성과 영향력을 그 누구보다 크게 경험한 끝에, 미래 산업의 핵심은 유통이 아닌 미디어의 주도권을 갖는 것이라고 판단했다. 나 역시 유튜브 채널을 운영하며 이에 대해 경험하고 있었기에 크게 공감했다. 그래서 라이크쏠을 제품이 아닌, 콘텐츠를 파는 회사로 변화시켰다. 내가 팔고 싶은 제품을 홍보하며 "이거 사세요. 이거 좋아요!"라고 외치는 방식이 아니라, 그 제품을 콘텐츠로 만들어 유통하고 소비자로 하여금 '저게 뭐지? 사고 싶다'라는 생각이 들게 해 구매로 이어지는 구조를 만들고 싶었다.

그래서 또 하나의 유튜브 채널 '실용백서'를 만들고, 라이크쏠의 브랜드명 또한 실용백서로 전환했다. 그렇게 우리는 육아용품을 판매하는 브랜드에서 벗어나 라이프스타일숍으로의 진화를 시도 중이다. 그리고 정말 감사하게도 B to C(소비자 중심 비즈니스)만 가능했던 라이크쏠의 구조에 이젠 B to B(기업 중심 비즈니스) 구조가 추가되어 또 하나의 수익 창출이 이뤄지고 있다. 우리가 만드는 콘텐츠를 보고 각종 기업에서 광고 의뢰가 계속 들어오고 있으며, 그에 따라 순수익 비율이 훨씬 높은 건강한 비즈니스 모델로 진화 중이다. 내 삶으로 키워 낸 라이크쏠이 실용백서로 더 활짝 꽃피울 수 있도록 새로운 도전을 지속할 계획이다.

남편아, 퇴사해!

해야 할 일은 점점 많아지고 여기저기서 찾는 사람들도 늘어났지만, 나는 오후 4시엔 무조건 퇴근해야 했다. 남편이 소위 '신의 직장'이라 불리는 대학교 교직원으로 일했기에, 루이의 하원 시간에 맞춰 아이를 픽업한 후 남편이 퇴근할 때까지 육아를 전담해야 했기 때문이었다. 남편의 퇴근 시간에 맞춰 함께 저녁을 먹고 루이와 조금 더 시간을 보내다 재우고 나면, 그때부터 다시 일을 할 수 있었다. 그렇게 매일 새벽 2~3시까지 일하고 다음 날 아침이면 루이를 깨워 차로 30분 거리인 유치원에 데려다주는 것이 내 평일 일과였다.

물론, 당시 남편도 〈돈많은언니〉 유튜브 채널의 운영과 편집을 맡고 있었다. 그래서 아이가 잠들고 난 뒤 매일 밤 12시까지 영상을 편집하곤 했다. 두 사람 모두에게 고된 일정이었다. 사실 나는 그간 남편에게 "내가 월에 1억 원을 벌어도 당신은 절대 일을 그만두면 안 돼"라며 신신당부해 왔다. 하지만 점점 체력이 한계에 다다르고 있었다. 그러다 어느 날 남편 앞에서 대성통곡을 하고 말았다. "당신은 내가 이렇게 열심히 사는 걸 당연하게 여겨서는 안 돼!" 하며 누가 시켜서 하는 것도 아니면서 갑작스럽게 설움에 복받쳐 눈물을 쏟아 냈다. 하지만 또 다음 날엔 무슨 일이 있었냐는 듯 주어진 일을 꾸역꾸역해 냈다. 변화가 필요했다. 아무리 생각해도 나와 함께 육아와 일을 병행해 줄 수 있는 사람은 남편뿐이었다. 그리하여 우리는 남편이 퇴사하는 것으로 함께 뜻을 모았다.

하지만 양가 부모님의 허락이 필요했다. 나의 시아버지는 자수성가의 표본이셨다. 가난한 시골집에서 태어나 피혁 공장에서 일하다가 공인중개업을 거쳐, 건축업자이자 디벨로퍼developer로 성공하셨다. 워낙 육체적인 노동을 많이 하셨던 터라, 자식만큼은 정장 입고 출근해서 사무직으로 돈을 벌기를 간절히 원하셨다. 남편이 교직원이 되었을 때 누구보다 기뻐하고 자랑스러워하신 것도 이 때문이었다. 그 마음을 누구보다 잘 알고 있었기에 남편의 퇴사 결정을 전하기가 주저되었다. 마음먹고 시댁에 방문했다가도 두 분의 얼굴을 보면 좀처럼 입이 떨어지지 않았다. 그러나 더는 미룰 수 없다 생각한 어느 날, 우리는 용기를 내어 이야기를 꺼냈다. 아버님과 어머님은 이런 걱정이 무색하게도, 흔쾌히 우리의 결정을 존중해 주셨다. 그동안 며느리가 얼마나 열심히 살았는지, 얼마나 많은 것을 이뤄 냈는지 아시고, 이에 대한 자부심과 신뢰가 있었기에 허락하신 듯했다.

2022년 3월, 남편은 8년간의 직장 생활을 마치고 퇴사했다. 남편이 퇴사하는 날, 제주도행 항공권을 예매했다. 퇴사 기념 여행이자 우리의 동업을 위한 부부 워크숍이었다. 첫날 여행을 마치고 남편과 아이가 잠든 새벽, 혼자 눈이 떠졌다. 다시 잠이 오질 않아 휴대폰을 살펴보다, 하필 유튜브 채널에 달린 악플 하나를 보게 되었다. 순간 기분이 확 가라앉았다. 하지만 불쾌하고 억울한 감정이 올라오는 동시에, '아! 이제 남편이 있구나, 나 혼자가 아니구나' 하는 안도감이 들었다.

† 두 사람이 한 사람보다 나음은 그들이 수고함으로 좋은 상을 얻을 것임이라 혹시 그들이 넘어지면 하나가 그 동무를 붙들어 일으키려니와 홀로 있어 넘어지고 붙들어 일으킬 자가 없는 자에게는 화가 있으리라 또 두 사람이

함께 누우면 따뜻하거니와 한 사람이면 어찌 따뜻하랴

한 사람이면 패하겠거니와 두 사람이면 맞설 수 있나니

세 겹 줄은 쉽게 끊어지지 아니하느니라 (전도서 4:9~12)

그동안에도 남편이 많은 일을 도와주긴 했지만, 솔직히
우리가 함께하고 있다는 생각은 들지 않았다. 하지만 그날
비로소 남편과 내가 온전히 하나가 된 듯한 느낌이 들었다.
온전한 내 편을 확보했다는 사실이 언제나 혼자라고 느꼈던
외로움과 불안에서 나를 해방시켜 주었다.

나는 사업가가
되고 싶어

"여보가 진짜 되고 싶은 게 뭐야? 강사야, 사업가야?"

남편의 질문에 대한 나의 대답은 명확했다. 강사는 정말 내가 하고 싶어 했던 일이고 강의를 하는 것도 대단히 즐거웠으나, 하면 할수록 마음이 불편했다. 사실 지금까지의 강의만으로도 내 인생에서 본 적 없는 큰돈을 벌었다. 1년간 '클래스101'에서 판매된 내 강의 매출만 해도 이미 10억 원이 훌쩍 넘었다. 강의 퀄리티만큼은 누구보다 자신이 있었고, 수강생들의 강의 만족도와 평가 점수 또한 높았다.

그런데 완강율이 터무니없었다. 강의비를 결제한 사람 중 처음부터 마지막 강의까지 들은 이른바 '완강'에 성공한 이는 겨우 10%에 불과했다. 어느 날 유튜브를 보다가, 어떤 강사가 아무렇지도 않게 이렇게 말하는 걸 들었다.

"여러분, 강의 결제하시고 하나도 안 보시죠? 잘하고 계십니다! 저희는 여러분 같은 사람들 때문에 돈을 버는 겁니다."

토익 학원 중에는 수강생이 완강하면 수강료를 100% 돌려주는 비즈니스 모델로 홍보하는 곳도 있었다. 수강료를 전액 환불해 주면 학원은 어떻게 돈을 버나 걱정스러웠는데, 대표의 인터뷰를 보니 그렇게 공약을 걸어도 수강료를 환불받아가는 사람이 10%에 불과하다고 했다. 특히나 "우리는 '완강 시 수강료 100% 환급 보장'이라는 마케팅 방법으로 전체 매출의 10%를 사용하는 것뿐입니다"라는 그의 대답은 적잖이 충격이었다.

사실 나 역시 결제한 뒤 끝까지 보지 않은 강의들이 수두룩하다. 강의의 퀼리티와 그걸 보기 위한 나의 노력은 별개의 문제였다. 동시에 내 머릿속에는 다음과 같은 이야기가 자꾸만 맴돌았다.

"스타트업 정신은 이 세상에서 아직 해결되지 않은 문제를 해결하는 것입니다. 스타트업 대표는 단순히 돈을 버는 것을 넘어 사명을 달성하고자 노력하는 사람입니다."

앞서 남편이 내게 던진 질문에 대한 나의 대답은 이미 정해져 있었다. 내가 되고 싶은 것은 사업가였다. 이제 사명을 달성할 차례였다.

하나님의 기업을 기획하다

내면의 답을 확인한 그날부터, 나는 새로운 비즈니스 모델 구상에 돌입했다. 우리 집 거실에는 내 키와 비슷한 높이의 화이트보드가 있는데, 나는 매일 밤 그 앞에 쪼그리고 앉아 아이디어를 펼쳐 냈다. 나는 3040 여성을 위한 교육 플랫폼을 만들고 싶었다. 남편 키우느라, 애 키우느라 나를 키울 여유 따위 없는 그녀들을 위해 함께 성장하고 꿈을 나눌 수 있는 '큰 판'을 만들 요량이었다. 그렇게 고민하던 어느 날, 우연히 온라인 기업 교육 서비스 설립자의 인터뷰 내용을 듣게 되었다.

"성인 교육 시장은 답이 없습니다. 수능시험처럼 강력한 모티베이션motivation이 존재하지 않는 한, 성인 교육은 절대로 성공할 수 없는 비즈니스 모델입니다."

그는 우리나라에서 내로라하는 벤처투자자 출신 창업가로 이미 수많은 성공을 이뤄 낸 터였다. 그의 이야기를 어떻게 받아들여야 할지 머릿속이 복잡해졌다. 시장성이 없다는 일에 내가 물정 모르고 뛰어들려고 하는 건가 싶어 며칠을 흘려보냈다. 그리고 다시 자문해 보았다. 내가 꿈을 이루고자 했을 때 나에겐 어떤 동기, 즉 모티베이션이 있었는가?

가난에서 벗어나야 했고

내 부모의 노후를 책임져야 했고

하나뿐인 자녀의 선택권을 보장해야 했고

행복한 가정을 유지하기 위한 자존감 회복이 필요했고

부끄럽지 않은 부모가 되어야 했고

무엇보다 내 존재가치를 찾아야 했다.

하루하루 최선을 다하며 성공을 꿈꿔야 할 동기는 이것만으로도 충분했다. 그래서 나와 같은 생각을 하고 있을 3040 여성들을 위해 첫발을 떼보기로 결정했다. 성인 교육시장에 답이 없다면 그 답을 만들어 내고 싶다는 이상한 사명감이 불타올랐다.

우리는 매일 성장합니다.

우리는 동반 성장합니다.

우리는 성장을 공유합니다.

나 홀로 성장이 아닌, 함께 성장을 꿈꾸고 서로를 돕기 위한 교육 플랫폼, 그렇게 세상에 없던 '플리크_flick_'가 만들어졌다.

플리크를 만들며 우리의 기준은 무엇인지, 어떤 가치로 움직일 것인지 깊이 고민했다. 내가 내린 결론은 '사랑'이었다. 플리크 안에서 함께 성장을 이룰 플리커(참가자)들에 대한 사랑의 마음 말이다. 사랑이라는 개념이 대단히 추상적인 것 같지만, 이만큼 명백한 기준도 없다. 플리크를 운영하는 과정에서 내릴 모든 결정이 결국 운영팀이 아닌 플리커들 중심으로 이뤄지는 것. 플리커들을 사랑하는 마음에서 하는 일인지, 내가 사랑하는 대상에게 부끄럽지 않은 일인지 생각하는 것. 결국은 예수님의 마음으로 사람을 사랑하는 것이 답이라는 사실을 마음에 새기며, 그렇게 하나님이 일하실 기업의 첫발을 내디뎠다.

그리
아니하실지라도

플리크라는 단어에는 '잽싸게 움직이다'와 '(손으로) 툭 털다'라는 두 가지 뜻이 있다. 성장에 방해되는 것들은 툭 털어 내고, 내일의 나를 위해 빨리 움직이자는 뜻으로 정한 이름이다. 각 분야의 전문 리더들을 섭외하고 그들에게 가장 먼저 '액션 달력'을 만들도록 요청했다. 강의만 제공하고 이에 대한 실행은 그저 수강생의 몫으로 넘길 게 아니라, 수강생의 실행까지 책임지는 교육 서비스를 만들고 싶어서였다. 수강생은 데일리 액션을 실행하고 인증해야 하며, 모든 인증을 완수하면 그에 맞는 보상이 지원됐다. 프로그램 참여를 독려하기 위해서였다.

누군가 보기엔 사업성이 없어 보일 수도 있다. 하지만 나는 참여자들의 성장이 기업의 성장이 되는 선순환 구조를 만들고 싶었다. 수강료 결제 후 강의는 제대로 보지 않는 사람들 덕분에 돈을 벌었다고 말하는 게 아닌, 인생에 강력한 터닝 포인트를 제공해 '누군가의 삶을 바꾸는 일'로 돈을 벌었다고 말하고 싶었다. 그것이 하나님 나라의 방식이라고 생각했기 때문이다. 또한 그 과정마저 하나님이 보시기에 합당한 기업이 되길 원했다. 그래서 나는 플리크의 건강한 설립 목적과 운영방식에 매우 큰 자부심을 느낀다.

† 너희 중에 있는 하나님의 양 무리를 치되 억지로 하지 말고 하나님의 뜻을 따라 자원함으로 하며 더러운 이득을 위하여 하지 말고 기꺼이 하며 (베드로전서 5:2)

플리크는 첫 달 250명의 회원과 함께 시작했다. 정말 놀랍게도, 프로그램이 끝나는 시점에 수강생들의 인증율은 프로그램 별로 60~90% 수준이었다. 업계 평균에 비하면 믿을 수 없는 결과였다. 그녀들의 동기가 충분히 입증된 것이었다. 글을 쓰고 있는 현 시점 기준, 플리크가 운영된 지 4개월 차가 되었다. 플리크 역시 성장의 과정 속에 있다.

처음 목표는 플리크를 만들어 투자를 받는 것이었다. 그래서 번지르르한 기업 소개서를 작성해 여기저기에 보내고 투자 유치를 위한 발표 기회에도 적극적으로 참여했다. 양적 팽창과 기회를 만들고자 최선을 다해 손품과 발품을 팔았다. 하지만 하나님이 원하시는 방식은 그게 아니었다.

† 너는 마음을 다하여 여호와를 신뢰하고 네 명철을 의지하지 말라 너는 범사에 그를 인정하라 그리하면 네 길을 지도하시리라 (잠언 3:5~6)

† 사람을 두려워하면 올무에 걸리게 되거니와 여호와를 의지하는 자는 안전하리라 주권자에게 은혜를 구하는 자가 많으나 사람의 일의 작정은 여호와께로 말미암느니라 (잠언 29:25~26)

나는 플리크를 성장시키는 데 자본이나 인맥은 물론이요, 나의 노력도 의지하지 않고자 한다. 아니 하나님이 그렇게 만드셨다. 어느 주일, 교회에서 '국대떡볶이' 김상현 대표의 간증이 있었다. 간증 내용을 통해 온누리교회에서 운영하는 '크리스천 리더십 스쿨'을 알게 되었다. 바로 이거다, 싶었다. 이미 커뮤니티의 중요성을 너무 깊게 경험한 상태였기에 나 역시 기독교 신앙을 가지고 사업하는 사람들과 연대하며 하나님의 일을 할 수 있는 다양한 경험을 만들 수 있지 않을까 기대가 됐다.

바로 등록할 수 있는 방법을 찾아 문의했다. 그때가 12월이었는데, 해당 과정은 새학기가 4월에 시작된다면서 등록 시즌에 연락을 주겠다는 답변이 돌아왔다. 시간이 흘러 2월쯤 등록할 수 있다는 연락을 받았다. 당장 등록해야지 했던 의지와 다르게, 계속 바쁜 일정이 이어졌다. 하루 이틀 지나며 등록 기회를 놓쳤고 내면에 주저하는 마음이 생겼다. 왜일까, 곰곰이 생각해 보니 하나님께 물어보지도 않고 그저 교회에서 운영하는 프로그램이니 무조건 허락하실 거라 생각했던 게 걸렸다. 골방에 들어가 기도를 시작했다.

"하나님 제가 이곳에 등록하는 게 맞을까요?"

하나님께서는 내가 그곳에 등록하고자 한 속내를 이미 나보다 더 정확히 알고 계셨다. 나는 인맥을 만들고 싶었던 것이다. 기왕이면 나보다 더 잘나가는 크리스천 리더십을 가진 분들과 교제하고 싶었다. 그렇게 가깝게 지내다 보면 내가 배우고 도움을 받을 기회도 생기지 않을까 내심 기대하면서. 그때 하나님은 내게 분명하게 말씀해 주셨다.

"너보다 높은 사람들을 바라보지 말거라. 사람에 기대지 말고 온전히 나를 의지하렴! 내가 어떻게 일하는지를 그저 지켜보면 된단다."

그 후로 나는 플리크의 선장을 하나님으로 두고, 그 키를 하나님께 맡겨드리고자 최선을 다한다. 물론 아직도 내 힘과 노력으로 할 수 있다는 자만심이 불쑥불쑥 고개를 쳐들지만 말이다. 전심으로 플리크가 하나님의 기업이 되기를 간절히 소망한다.

† 사람이 마음으로 자기의 길을 계획할지라도 그의 걸음을
   인도하시는 이는 여호와시니라 (잠언 16:9)

   혹여 플리크가 하나님의 뜻이 아니라 할지라도 염려하지
않는다. 이미 나를 향한 하나님의 뜻은 내 생각보다 원대하
며 그의 계획은 한 치의 오차도 없이 완벽하다는 것을, 이제
는 온전히 신뢰하기 때문이다.

너보다 높은 사람들을
바라보지 말거라—
사람에 기대지 말고
온전히 나를 의지하렴!
내가 어떻게 일하는지
그저 지켜보면 된단다—

성장의 시발점

　　내 인생에 터닝 포인트가 된 순간은 언제였을까? 큰 사건 사고가 벌어진 날도, 참을 수 없을 만큼의 절망이 덮친 날도 아니었다. 단지 내 생각이 바뀌었을 때였다. 사실 가난이 무서운 진짜 이유는 꿈마저 가난하게 만들어 버리기 때문이다.

　　가난하던 시절 "돈이 없어서 못 해!"라는 핑계만큼 나를 합리화시키기 좋은 것도 없었다. 내가 능력이 없어서가 아닌 것이다. 내게 주어진 환경은 '이생망(이번 생은 망했어)' 버전으로 체념하며 살기에 딱이었다. 환경에 순응하며 '원래 그렇다'라고 생각하면 머리 아플 일도, 세상과 맞서 싸워야 할 일도 없을 것이었다.

원래 10만큼만 할 수 있다고 여겼던 나 자신이 100만큼 도 할 수 있는 사람이었구나 자각하게 된 그날, 비로소 내 인생이 달라졌다. 특별한 사건이 있었던 건 아니다. 그리고 인간은 본래 자신이 정해놓은 세상의 크기만큼 성장하는 법이지 않은가.

† 내게 능력 주시는 자 안에서 내가 모든 것을 할 수 있느니라 (빌립보서 4:13)

하나님의 능력을 의지하며 나의 한계를 제한하지 않는 것, 이것이 내 성장의 시발점이었다. 누군가가 내게 성장에 있어 가장 중요한 것이 무엇이냐고 묻는다면, 주저 없이 이렇게 말하겠다.

"나 자신을 무엇이든 될 수 있고 무엇이든 할 수 있는 사람이라고 생각하는 것!"

하지만 본격적으로 내 일을 시작하고 난 뒤 때려치우고 싶은 순간들이 정말 많이 찾아왔다. 일이 힘들어서라기보다 일 때문에 만난 사람들로 자존심이 상하거나 나를 오해하는 억울한 사건들로 서러운 마음이 들 때였다. 당장이라도 일을 그만두고 남편이 벌어오는 월급에 맞춰 살아볼까도 생각했다. 특히 사람들과의 관계가 제일 힘들었다. 나에겐 항상 '미움받을 용기'가 부족했다. 이따금 현상금을 노리는 파파라치들의 신고 전화나 KC인증 소명에 대한 행정기관의 연락을 받을 때면, 내가 딱히 잘못한 것도 없는데 소명을 위한 에너지를 써야 하는 것에 회의감이 들기도 했다. 온 세상이 나를 망하게 하려고 작정했나 싶은 순간들도 분명 있었다. 하지만 다행히도 내 안의 절박함은 그 모든 역경보다 힘이 셌다.

똑똑한 사람보다 끈기 있는 사람들이 훨씬 부족한 세상이다. 한 가지 일을 오랫동안 지속하는 사람이 희소한 세상에 살고 있다. 세상에는 유용한 정보가 넘쳐나고, 자고 일어나면 나를 유혹하는 새로운 성공 방정식도 계속 생겨난다.

　트렌드 변화에 발맞춰 블로그에서 인스타그램으로, 인스타그램에서 유튜브로, 나의 브랜드를 더 많은 사람에게 알릴 수 있는 플랫폼으로 무대를 옮겼다. 반찬에서 그릇, 인테리어 소품, 육아용품과 생활용품으로 판매하는 제품들도 계속 바뀌었다. 하지만 온라인 사업을 해온 지난 9년간 나의 축은 항상 고정되어 있었다. 시간을 내 편으로 만드는 '한 우물 파기' 전략을 고수했기 때문이다. 시간을 내 편으로 만든다는 것은 한 가지 일을 지속함으로써 그 일에 대한 숙련도를 쌓아가는 것을 의미한다. 하나의 사이클을 완수하기까지 예전에는 일주일이 걸리던 일을, 하루 만에 해내는 것, 그것이 나의 경쟁력이었다.

　N잡러로 다양한 일을 해온 나를 보며 많은 사람이 공통적으로 하는 질문 중 하나는 어떻게 그렇게 다양한 일을 한번에 다 할 수 있느냐는 것이었다. 3개의 사업체를 운영하며 강의와 커뮤니티 모임, 유튜브 촬영, 책 집필까지 하고 있으니 말이다. 하지만 그중 어떤 것도 동시에 시작한 것은 없었다. 나는 한 가지 일에 숙련도가 붙어 그 일을 처리하는

데 필요한 절대적 시간이 줄어들면 그제야 다른 일을 시작했다. 그것이 내가 N잡러로 꾸준히 성장하며 살아남을 수 있었던 비법이다.

하지만 주변을 살펴보면 여전히 시간을 흘려보내는 사람들이 너무 많다. 이거 찔끔, 저거 찔끔 하면서, "1년이나 해봤는데 안 되네요"라며 포기하는 사람들이 대다수다. 도대체 1년만으로 성과가 나오는 일이 세상에 어떤 것들이 있는지 나는 정말 궁금하다. 아이가 걸음마를 떼는 데까지도 1년이 걸린다. 그마저도 아장아장 걷는 수준이다. 그런데 1년 만에 비상을 꿈꾸는 사람이 곳처에 널려 있다. 그래서 시간을 내 편으로 만들기도 전에 또 다른 일을 시작한다. 그러니 나는 꾸준히 하는 것만으로도 경쟁력을 갖추게 된다. 내가 뛸 준비를 하는 동안 모두 사라지기 때문이다.

사업의 본질은 무엇일까? 만약 돈을 많이 버는 것이라고 생각한 사람이 있다면 절대 사업에 성공할 수 없을 것이다. 사업은 돈과 맞바꿀 가치를 만드는 일이다. 그저 마진율 높은 제품을 가져다 더 많은 사람에게 파는 것을 사업이라고 정의하는 사람이 있다면 그는 사업가가 아닌 장사꾼이다.

사업과 장사를 나누며 비하하려는 게 아니라, 엄연히 일의 영역이 다르다는 의미이다. 사업을 한다는 사람들에게 "당신의 업이 지닌 가치는 무엇인가요?"라고 물으면 대답하지 못하는 사람들이 부지기수다. 그들은 언제든 다른 사람으로 대체될 수 있는 일을 하고 있는 것이다. 제아무리 독창적이고 독보적인데다, 이전에는 존재하지 않았던 신박한 아이템과 콘텐츠, 서비스가 있다고 하더라도, 그것을 능가하는 새로운 창조물은 등장하게 마련이다. 그것이 시장 원리다. 그렇다면 왜 '내 것'이어야만 할까? 소비자들이 '내 것'을 선택해야 하는 이유가 무엇인지 명확히 밝힐 수 없다면 그 사업은 오래갈 수 없다. '언제, 어디서, 무엇을, 어떻게'를 고민하는 사람은 참 많다. "어디서 팔지? 어떻게 팔지? 뭘 팔지? 언제 시작하지?" 하지만 정작 가장 중요한 질문은 던지지 않는다! "그런데 이거 왜 팔지?"

'왜?'는 근원적인 질문이다. 결국 본질이 가장 중요하다는 말이다. '왜'가 설명되지 않으면 소비자들은 결코 자신의 주머니 속 돈을 꺼내지 않는다. 진정한 사업가는 '왜'를 만드는 사람이다. 사업가와 장사꾼을 나누는 기준이 시스템이라고 생각하던 시절이 있었다. 내가 있어야만 돈이 벌리면 장사, 내가 없어도 돈이 벌리면 사업! 그래서 시스템을 만드는 일에 매몰되어 가장 중요한 본질을 놓친 시간도 있었다. 스티브 잡스 역시 죽기 전까지 일했다. 다만 그가 한 일은 스마트폰이 아닌 'Why Apple'을 만든 것이었다. 그래서 우리는 그가 없어도 애플을 산다. 여전히.

강사의 본질은 학생의 성적을 올려주는 것이다.
식당의 본질은 맛있는 음식을 제공하는 것이다.
장사의 본질은 가격보다 가치가 높은 제품을 판매하는 것이다.
사업가의 본질은 이 세상에서 아직 해결되지 않은 문제의 답을 찾는 것이다.

월급 40만 원을 받던 내가 월 1억 원 이상을 벌 수 있게 된 가장 핵심적인 요인을 꼽으라면, 그저 본질에 최선을 다한 것이라고 하겠다. 기술만으론 절대 불가능한 일이다.

나 자신의 한계를 스스로 제한하지 않고

한 가지 일에 일말의 후회가 없을 만큼 최선을 다하며
그것을 '왜' 해야 하는지 끊임없이 묻는 것

이것이 내가 찾은 성공 방정식이었다.

나를 바꾼 목사님의 기도

주어진 일만 하던 인턴으로 사회에 첫발을 내딛고 10년이 흐른 지금, 나는 수백 명의 성장을 돕는 교육 플랫폼의 대표가 되었다. 2개의 법인 대표와 1개의 일반 사업자 대표 그리고 강사이자 작가, 유튜버, 멘토 등 나에겐 다양한 역할이 생겼다.

15년 전 중국에서 "하나님, 저 돈 좀 주세요" 하면서 울던 나는 이제 "하나님 저에게 지혜를 주세요" 하며 여전히 운다. 하지만 그 눈물의 이유는 확연히 다르다. 하나님은 내 삶을 돈이 필요한 삶에서 지혜가 필요한 삶으로 변화시키셨다. 10대부터 20대까지 지난한 삶을 원망하며 눈물로 지샌 밤들이 결국은 나를 키워 낸 시간이었다는 걸 깨닫는다. 그리고 그 시간 나와 같은 곳에서 누구보다 마음 아파하며 나를 응원해 준 누군가가 있었다는 것도.

누군가 널 위하여, 누군가 기도하네. 내가 홀로 외로워서
마음이 무너질 때 누군가 널 위해 기도하네.

_래니 울프, '누군가 널 위해 기도하네'

내 인생에서 의미가 없다고 느꼈던 시간들이 지나고 보
니 단 하나도 버릴게 없는 시간이었음을 알게 되면서, 나는
다시 한번 내 삶이 온전한 하나님의 계획 아래 있었다는 걸
깨달았다. 지금도 여전히 내 삶에 역사하시는 하나님의 은
밀한 시그널을 찾기 위해 그분을 향해 촉각을 곤두세운다.

플리크를 준비하며 목사님께 기도를 부탁드렸다. 목사님
은 "새로 시작할 사업이 잘되게 해주세요, 번창하게 해주세
요"라고 기도하지 않으셨다.

"혼자서 50명의 것을 취하는 자가 아니라, 가진 것을
500명과 함께 나누는 여성 리더가 되게 해주세요. 오병이어
의 기적을 일으키는 사업체가 되길 축복합니다."

그날 목사님의 기도가 내 삶의 방향을 바꿨다. 지극히 개인주의적이고, 다른 사람에게 일체의 관심은커녕 긍휼의 마음조차 품어본 적 없던 내가 '동반 성장'을 가치로 삼은 교육 플랫폼을 운영하게 되었다. 하나님의 인도하심이 아니고는 설명할 방법도, 스스로 이해할 수도 없는 일이다. 이런 변화 속에 하나님께서 내게 계획하신 또 다른 일들이 무엇일지 기대된다.

그리고 그 과정 속에서 내가 하나님의 온전한 청지기가 되기를 소망한다. 내가 버는 돈이 하나님 나라를 위해 쓰일 수 있다면 그리고 쓰여야 한다면, 나는 돈을 버는 방법도 하나님의 마음에 합하기를 소망한다. 그리고 예수님이 우리에게 보여주셨던 것처럼 내가 더 겸손하고 따뜻한 사람이 되기를 갈망한다.

Chapter 3.

하나님의 로드맵

질투하시는
하나님

청도 유학 시절, 다니던 온누리교회에서 찬양인도자이자 어노인팅 보컬로도 유명한 강명식 사역자의 찬양집회가 있었다. 당시 청년부 몇 명이 보조 싱어로 참여할 기회를 얻었는데, 운 좋게 나도 함께하게 되었다. 나는 그분의 찬양하는 모습에 인간적으로 홀딱 반하고 말았다. 그래서 하나님께 이런 사람과 결혼하게 해달라고 기도하며, 일기장에 기도 제목을 적었다. 그분을 향한 내 팬심은 꽤나 진심이었기에 보조 싱어로 한 무대에 설 수 있다는 것만으로도 대단히 설렜다.

　찬양집회는 이틀간 진행되었는데, 집회에 앞서 찬양팀은 별도로 모여 연습하고 리허설도 진행했기에 사역자님과 시간을 보낼 수 있었다. 연습을 하던 중 교회와 도보 1분 거리에 살던 나는 잠시 용건이 생겨 집에 다녀오게 되었는데 그 사이 찬양팀 멤버들과 사역자님은 점심을 먹기 위해 근처 식당으로 이동한 모양이었다.

　교회로 돌아와 텅 빈 예배당을 보니 인간적으로 서운한 감정이 확 밀려들었다. 그 많은 사람 중에 나를 챙긴 사람이 한 명도 없었다니, 속상해서 누군가에게 연락해 다들 어디에 있느냐고 물어볼 마음도 들지 않았다. 예배당 뒤편 미디어룸에 앉아서 한참을 혼자 씩씩거리고 있을 때쯤, 찬양팀이 돌아왔다. 그때 나를 발견한 친구가 깜짝 놀라서는 교회에 있었으면서 왜 연락을 하지 않았느냐고 물었다. '자기들끼리 갈 땐 언제고 왜 나한테 연락을 안 했냐고?' 치밀어 오르는 감정을 꾹 누르며 소화가 잘 안 돼서 그냥 교회에 있었다고 둘러댔다.

　그날 밤 찬양집회를 마치고 집으로 돌아온 후에도 서운

한 마음이 쉬이 사라지지 않았다. 침대에 앉아 하나님께 중얼거리다 울었다. 나를 챙긴 사람이 한 명도 없었다는 서운함과 강명식 사역자님과 함께 식사하지 못했다는 아쉬움이 뒤섞였다. 이번 집회가 끝나면 다시 볼 기회가 없을 수도 있는데, 그 기회를 놓쳤다는 사실이 안타까웠다. 평소 좋아하던 연예인과 식사할 기회를 놓친 것만 같은 기분이었다. "하나님 정말 너무해요!"라면서 이미 벌어진 상황에 미련을 두고 원망 아닌 원망을 내뱉던 순간, 하나님은 또 내게 놀라운 음성을 들려주셨다.

"미솔아, 너는 나와의 만남을 그렇게 기대한 적이 있었니? 나와 만나지 못한 것을 그렇게 울면서 서운해한 적이 있었니?"

망치로 머리를 한 대 얻어맞은 것만 같았다. "세상에! 하나님, 죄송해요. 놀라운 나의 하나님, 질투의 하나님은 내게 이런 깨달음을 주고 싶으셨던 거군요!" 즉시 하나님께 회개했다. 이 사건을 계기로 나는 예배 시간과 기도 시간뿐 아니라 내 삶의 모든 순간순간 하나님을 더욱 간절히 사모하게 되었다.

믿음의 배우자를 꿈꾸다

다음날에도 강명식 사역자님과 함께하는 집회가 이어졌다. 보조 싱어로 무대에 함께 서는 친구 중에 쌍둥이 자매가 있었다. 그녀들의 아버지는 선교사님이셨는데, 마침 안식년을 맞아 잠깐 청도에 와 계신 상태였다. 예배를 앞두고 저마다의 자리에서 준비하고 있던 그 시간, 선교사님이 잠깐 두 자매를 예배당 뒤편으로 부르셨다. 무대 위에서 자리를 정리하며 멀리 쌍둥이 자매들을 보고 있는데 선교사님이 두 딸의 머리에 손을 올리고는 예배 전 축복기도를 하시는 모습이 눈에 들어왔다.

그 모습이 얼마나 부러웠던지, 울컥 올라오는 감정을 누를 틈도 없이 눈물이 떨어졌다. '왜 나에게는 저런 믿음의 아빠가 없는 걸까? 자녀의 머리에 손을 얹고 축복기도를 해주는 아빠나 기도를 받는 자녀의 마음은 어떨까?' 하는 생각이 빠르게 스쳤다.

나의 아빠도 크리스천이긴 했지만 정말 무뚝뚝하고, 자녀의 머리에 손을 얹고 축복기도를 해주실 만큼 신앙이 깊지는 않으셨다. 물론 물리적으로 아빠와 떨어져 있어 기도를 받을 수 없는 상황이기도 했지만 저런 아빠가 있는 쌍둥이 자매가 그저 부러울 뿐이었다. 동시에 마음속으로 다짐했다. 나는 내 자녀의 머리에 손을 얹고 축복기도를 해줄 수 있는 배우자와 꼭 결혼해야겠다고 말이다.

그리고 어떻게 되었을까? 그로부터 10년 후, 나는 무신론자와 결혼했다.

단 한 줌도
이뤄지지 않은 기도

          남편과는 대학교 선후배로 만났다
(내가 선배다). 졸업을 앞둔 마지막 학기에 같은 수업을 들었
는데, 수업이 끝나는 날 그가 손수 뜬 목도리와 함께 마음을
담은 편지를 내게 건넸다. 생각지도 못한 고백이었기에 단
칼에 거절했지만, 이후로도 그는 마음을 접지 않았다. 그사
이 몇 차례의 고백이 더 있었고, 그때마다 나는 거절했다. 마
음은 받아주지 않으면서도 밥 먹자면 먹고 영화 보자면 보
는, 데이트 아닌 데이트를 하는 이상한 관계가 지속되었다.

매번 까이면서도 들이대는 도전정신에 감명받은 건지, 가랑비에 옷 젖는 줄 모르게 서서히 정이 들었던 건지, 그의 구애 1년 반 만에 우리는 연인이 되었다.

남자 친구와의 관계가 제법 진지해지고 결혼을 논의하는 사이가 되었을 때, 나는 나의 배우자 조건은 교회에 다니는 사람이라고 말했다. 그다음 주부터 그는 교회에 출석하기 시작했다. 그리고 그날로부터 오늘까지도 남편은 부득이한 경우를 제외하고는 한 주도 빠짐없이 교회에 출석하고 있다. 연애 시절 남편은 안산에 거주했고 교회는 서울 창동에 있었는데, 그는 지하철로 2시간 거리의 그곳을 단 한 번의 지각도 없이 매주 나왔다. 남편은 본인이 결정한 일에 대한 책임감이 무척 강한 사람이었다.

남편을 만나기 전 청도 유학 시절, 배우자 기도에 대한 중요성과 함께 주변 집사님들의 간증을 수차례 전해 들었다. 원하는 배우자의 조건들을 구체적으로 적고 기도하면 하나님께서 그에 맞는 배우자를 준비해 두신다는 내용이었다. 당시 내가 작성한 배우자 조건은 열 가지 정도였는데, 이제 정확히 기억나지 않지만 1~3번에 적은 내용만큼은 뚜렷하게 떠오른다.

1. 장로와 권사 가정에서 믿음의 유산을 물려받은 사람
2. 내 자녀의 머리에 축복기도를 해줄 수 있는 사람
3. 함께 신앙을 키워갈 수 있는 사람

남편은 이 세 가지 중 어느 하나에도 해당되지 않았다. 그의 아버지와 어머니는 오히려 크리스천인 나를 반대하셨고 우리 집도 신앙이 없는 남편을 반대하는 상황이었다. 하지만 '자식 이기는 부모 없다'는 말처럼, 우리는 결혼했다. 시부모님은 각자의 종교를 강요하거나 간섭하지 말자는 약속과 함께 결혼을 허락해 주셨다.

남편의 하나님, 나의 하나님

결혼 후, 남편이 온전한 믿음을 가질 수 있게 하는 것이 내 삶의 숙제가 되었다. 하지만 그러기 위해 내가 한 일은 남편에게 그 어느 것도 강요하지 않는 것이었다. 남편은 말 그대로 교회에 출석만 했지, 신앙은 전무했다. 그는 일주일

에 한 번 예배당에 앉아 있다 나오면 되기에 크게 손해 볼 것도 없고 이는 가정의 평화를 위해 충분히 희생할 수 있는 정도라고 판단하는 듯했다. 실제로도 나는 단 한 번도 헌금을 해야 한다거나 십일조를 강요한 적이 없었기에 남편이 금전적으로 손해 볼 일도 없었다. 하지만 나의 내면에서는 수많은 걱정과 조바심이 일었다. 남편이 단순히 교회에 출석하는 정도가 아닌, 진정으로 하나님을 알게 되길 바랐다. 하지만 교회에 함께 가는 것 외에 내가 할 수 있는 건 없었다. 나머지는 하나님이 하셔야 하는 일이었다.

† 그러므로 믿음은 들음에서 나며 들음은 그리스도의 말씀으로 말미암았느니라 (로마서 10:17)

이 말씀을 상기하면서 매주 의무감으로 듣고 있는 하나님의 말씀이 그의 마음 판에 믿음의 씨앗으로 심기길 간절히 기도했다. 교회 생활이 따분한 일이 아닌 재미있는 일이 되게 하고자 교회 안에서 사람들과의 교제를 위해서도 노력했다. 비록 인간적인 교제가 될지라도 남편에게 교회에 다녀야 할 이유가 하나라도 더 늘길 바랐다. 나 역시 믿음이 흔들릴 때 공동체 안에서 회복되고 신앙이 깊어진 경험이 있었기에 남편 역시 그러길 기대하면서.

하지만 결혼과 동시에 임신하고 루이가 태어나면서 나는 자모실(아이와 엄마가 함께 예배드릴 수 있게 한 공간)에서 예배를 드리게 되었는데, 그마저도 아이에게 휘둘리면서 10분조차 말씀에 집중하기 어려운 날이 시작됐다. 아이가 자라면서는 유아 예배에 참석하면서 내 신앙을 유지하는 것조차 힘들었다. 그저 온 가족이 매주 예배에 참석할 수 있다는 것에 만족할 수밖에 없는 상황이었다.

남편의 교육열을
이용하시다

어느 날, 가장 친한 친구에게서 연락이 왔다. 고등학교 동창이자 단짝인 그 친구는 광교에, 나는 동탄에 살고 있어서 물리적으로도 가까운 사이였다. 루이가 막 세 살이 되었을 무렵이었는데, 친구는 내게 '중앙기독학교'에 대해 알고 있느냐고 했다. 광교에 있는 크리스천 학교인데 여기에 자녀를 보내고 싶어 하는 엄마들이 줄을 선다며 교육비가 부담되지 않는다면 루이를 여기에 보내는 게 어떤지 추천했다. 교회에 다니지 않는 친구였는데 말이다.

전화를 끊고 나서 정보를 찾아보니 중앙기독학교는 교회와 연계된 크리스천 스쿨로, 유치원부터 중학교까지 연계되어 있었고 일단 유치원에 입학하고 나면 초등학교까지는 큰 어려움 없이 다닐 수 있는 시스템이었다. 다만 해당 교회 성도가 우선 입학 대상이었고, 아이의 유치원 입학을 위해 가장 중요한 것이 있었으니, 바로 아빠의 신앙훈련이 우선되어야 한다는 것이었다.

유치원 입학 1년 전부터 입학을 위한 전형을 준비해야 하는데, 부모가 주일예배와 금요예배 참석은 물론 성경 공부, 교회 봉사, 구역 모임, 기독 서적 독후감 작성까지 기본적으로 해야만 하는 일이 체계적으로 짜여 있었다. 워낙 학교에 대한 평이 좋고 학부모는 물론 아이들의 만족도가 높아 해당 학교에 아이들을 보내기 위해서라도 교회에 다니는 성도가 많았다.

그런데 이러한 정보를 접하며 나는 다른 생각을 하게 되었다. 루이가 이 학교에 들어갈 수 있을지 말지는 큰 문제가 아니었다. 다만 이런 시스템이라면 남편의 신앙을 키울 수 있는 둘도 없는 기회라는 생각이 들었던 것이다. 선데이 크리스천도 아닌 선데이 비지터visitor를 벗어난 신앙의 발판을 이곳에서 다질 수 있지 않을까, 은근히 기대가 되었다. 사실 더할 나위 없이 좋은 기회였던 건, 나보다 루이의 교육에 관심이 많은 쪽은 남편이었기 때문이었다. 루이를 위해 영어 유치원은 물론 사립초등학교 입학을 위한 온라인 카페에도 모두 가입해 정보를 얻고 있는 남편이었다. 그래서 그에게 슬쩍 중앙기독학교에 관한 이야기를 흘렸다.

"이런 학교가 있다는데, 한번 찾아볼래?"

아니나 다를까! 이 학교에 대한 학부모들의 모든 후기와 학교의 교육 방침을 찾아본 남편은 학교를 긍정적으로 평가했다. 중앙기독학교에서는 'Christian(기독 교육), Creative(창의 교육), Cooperative(협동 교육)'로 불리는 이른바 '3C 교육'을 하고 있었는데, 기독 교육을 제외한 창의 교육과 협동 교육이 그의 마음을 사로잡은 것이다. 하지만 1년 동안 진행되는 입학 전형이 큰 부담이 되는 모양이었다. 교회를 옮기는 것 외에도 무조건 해야 하는 일이 많아서였다.

"자녀라곤 하나밖에 없는데, 우리 루이를 위해 그 정도도 못해?"

나는 남편의 부성애를 건드렸고, 그렇게 우리는 교회를 옮기게 되었다.

일타강사 목사님

중앙기독학교가 속해 있는 원천침례교회는 일반 교회와 조금 다른 시스템을 갖추고 있었다. 원천침례교회 안에는 12개의 지교회가 있었는데, 각 교회 담임목사님들이 행정은 함께 처리하고, 운영은 교회별로 독립적으로 했다. 하나의 대형교회가 아닌 작은 교회의 형태를 유지하는 것이 특징이 었다. 이러한 이유로 처음 교회에 나간 성도들은 여러 예배에 참석해 본 뒤 최종적으로 출석할 교회를 선택했다. 나는 남편에게 교회 선택권을 넘겨주었다. 남편은 교회 홈페이지에 들어가 여러 목사님의 설교를 들어본 뒤 한 교회를 선택했다. 이유는 하나였다.

"이 목사님은 일타강사 같은데?"

　남편의 판단은 대단히 정확했다. 우리가 선택한 교회의 목사님은 말씀의 은사가 있는 분이셨다. 매주 말씀에 대한 구성은 물론 전달력과 흡입력까지 탁월하셨다. 허공에 둥둥 떠다니던 주일예배의 말씀들이 남편의 귀에 꽂히기 시작했고, 그는 얼마 지나지 않아 목사님의 팬이 되었다. 하지만 팬심은 팬심일 뿐 남편의 믿음에는 별다른 영향이 없어 보였다. 그저 일타강사가 들려주는 재미있는 자기계발과 자기암시 메시지에 흥미를 가지며 집중할 뿐.

　그러던 중 자연스럽게 우리도 루이의 유치원 입학을 위한 전형을 준비하게 되었다. 남편과 나는 매주 금요예배와 주일예배에 참석했고 화요일마다 성경 공부를 했다. 당시 남편은 대학교 홍보팀에서 일하고 있었던 터라 잦은 인터뷰 촬영으로 카메라를 다루는 데 익숙했다. 마침 교회 내에서 오랜 기간 예배 스케치 촬영을 담당하던 집사님이 봉사를 그만두게 되면서 그 일을 남편이 대신 하게 되었다. 전형 기간 동안 남편은 정말 열과 성을 쏟았고, 이를 보는 나는 자꾸 조바심이 났다. 이 과정을 통해 하루 빨리 남편이 하나님을 만나기를, 그의 역사하심이 우리 가정 안에 이뤄지길 바라면서 말이다. 하지만 동상이몽이었다. 그저 아이의 입학을 위해 열심을 내었을 뿐 남편에겐 하나님을 만나고자 하는 의지나 동기 같은 건 애초에 없었다.

그러는 와중에도 내 마음을 가장 힘들게 한 것은, 남편이 너무 좋은 사람이라는 사실이었다. 만약 천국에 들어가는 조건이 좋은 인성이라면, 내 남편은 나보다 훨씬 천국에 합당한 사람이었다. 분쟁하기를 싫어하고 평화를 사랑하며 다른 사람들에게 선을 베풀기를 주저하지 않는 사람, 보이지 않는 곳에서의 삶이 더 깨끗하고 정갈한 그는 도덕적 기준 또한 매우 높았다. 한마디로, 마음 밭이 참으로 깨끗한 사람이었다. 나는 남편이 하나님을 만난다면 정말 놀라운 시너지가 있으리라 기대했기에 더욱 조바심을 낸 것 같다. 물론 남편 앞에선 단 한 번도 내색하지 않았지만 말이다.

과정을 통해
역사하시는 하나님

✳

　　　　　　말씀으로 역사하시는 하나님은 우리
가정에 고무적인 변화를 가져다주셨다. 일타강사 목사님의
설교가 남편의 마음 밭에서 어느새 싹을 틔우기 시작한 것
이다. 그동안 그저 나 때문에, 아이 때문에 교회 출석에 최선
을 다했을 뿐, 그는 신의 존재에 관해서는 단 한 번도 관심
을 내비친 적이 없었다. 신은 나약한 인간이 만들어 낸 허상
일 뿐이며 본인과는 상관없는 존재로 여기며 회사 다니듯
교회에 다녔던 것이다. 그런 남편이 드디어 말씀에 의문을

품기 시작했다.

"그런데 에덴 동산은 진짜 있었던 곳이야? 어디 있는데?"

"하나님은 왜 인간에게 자유 의지를 허락하신 거야? 그냥 하나님을 믿게 만들면 되잖아."

"구약시대의 예언이 어떻게 이뤄졌다는 거야?"

남편은 매일 밤 내게 신앙적 궁금증들을 쏟아 냈다. 문제는 내가 이에 대한 답을 정확히 해줄 수 없다는 것이었다. 모태신앙이자 4대째 크리스천 가정에서 자란 나였지만, 바로 그렇기에 하나님에 대한 궁금증이나 의심을 품어볼 겨를도 없이 성장했다. 믿음이라는 귀한 선물을 날 때부터 받아 그것이 소중한 줄도 모른 채 성경에 쓰인 말씀 그대로를 받아들이며 '그렇다니 그런가 보지' 하는 식의 태도로 살아온 것이다.

남편의 질문에 정확히 대답하기 위한 나의 성경 공부가 본격적으로 시작되었다. 성경은 물론 역사서를 읽고 신학자들의 영상을 살폈다. 내 무식한 믿음에도 새로운 지평이 열리는 순간이었다. 하지만 배워서 알려주는 데에는 한계가 있었고, 나의 배우는 속도보다 남편의 궁금증이 커가는 속도가 훨씬 빨랐다.

결국 나는 목사님께 도움을 요청했다. 목사님은 흔쾌히 심방을 와 주셨고 그날 밤 남편과 목사님의 일대일 성경 공부가 3시간 넘게 이어졌다. 목사님은 무지에서 나오는 남편의 직설적이고 원초적인 질문들에 자세하고도 친절하게 답변해 주셨으나, 결국 이 모든 것을 관통하는 하나의 답은 창세기 1장 1절을 믿는 것이라고 하셨다. 이 구절을 믿는 순간 그 뒤에 따라붙는 모든 의문은 사라질 수밖에 없다고.

† 태초에 하나님이 천지를 창조하시니라 (창세기 1:1)

남편과 목사님의 문답이 진행되는 동안 그 모습을 지켜보는 내게도 하나님은 큰 은혜와 응답을 주셨다. 그 시간 내게 남편의 구원에 대한 확신이 생긴 것이다. 목사님이 돌아가시고 난 뒤 나는 홀로 세탁실에 앉아 하나님께 감사 기도를 하며 울었다. 배우자 기도는 하나님께서 분명 들어주신다는 이야기를 많은 간증을 통해 들었는데, 하나님은 어째서 내게 믿지 않는 남편을 주셨을까 하는 풀리지 않는 궁금증을 품고 있던 나였다. 물론 지금의 남편을 선택한 것은 나였지만 그 모든 과정 안에서도 치밀하게 역사하시는 하나님의 성품을 생각하면, 온전히 내 책임이라고만 할 수는 없는 문제가 아니던가.

배우자 기도의 첫 번째 조건, 장로와 권사 가정에서 믿음의 유산을 물려받은 사람

나는 나보다 신앙이 좋은 사람을 배우자로 맞이하고 싶었다. 그런데 그 기저에는 상대방의 믿음에 편승해 가고 싶은 불순한 마음이 있었다는 걸 깨달았다. 하나님께서는 믿지 않는 남편을 통해 내가 직접 하나님과 더욱 가까워지길 원하셨다. 신화 속에나 존재하는 하나님이 아닌, 우리의 삶 속에 실재하는 하나님을 더욱 자세히 알기를 원하셨던 것이다. 남편으로 인해 나를 공부하게 하셨고, 남편을 통해 '믿어지는 것'이 얼마나 큰 은혜인지를 깨닫게 하셨다.

목사님과의 성경 공부가 있었던 날 남편에게 창세기 1장 1절을 믿는 기적이 일어나지는 않았다. 그러나 하나님은 내게 남편의 구원을 확신하게 만드셨고, 그날 이후 남편에 대한 조급한 마음을 온전히 하나님께 의탁하며 자유할 수 있게 되었다.

믿기 위한 싸움

남편은 그날 이후 하나님을 온전히 믿기 위한 싸움을 시작했다. 창세기 1장 1절을 믿고 싶지만 믿어지지 않는 것에 대한 해답을 찾기 위해 성경 통독을 결심했고, 그의 성실한 기질이 매일 밤 하루도 빠짐없이 성경을 읽게 만들었다. 그 때까지 성경 1독 한번 제대로 해본 적 없던 나도 그런 남편 앞에 부끄러움을 느껴 매일 함께 성경을 읽게 되었다. 이런 분위기는 자연스럽게 루이에게까지 영향을 미쳤다. 그렇게 우리는 매일 밤 8시, 온 가족이 둘러앉아 성경을 읽는 시간을 갖게 되었다. 그것도 남편의 주도하에 말이다.

남편은 성경 통독과 함께 구약시대의 역사서를 찾아보는 것은 물론, 우주에 대해서도 깊은 관심을 가지며 공부했다.

뿐만 아니라,《종의 기원》,《만들어진 신》,《이기적 유전자》와 같은 창조론에 반하는 책들까지 읽으며 나름의 진리를 찾기 위해 무던히 애썼다.

평생 신이 있다고 생각하며 살아온 내게 하루아침에 하나님이 없다는 것을 믿으라고 한다면 어떨까? 이처럼 평생 신이 없다고 생각하며 살아온 남편에게 하나님의 존재를 인정하고 믿는 일 또한 쉬운 일이 아닐 터였다. 남편은 기독교는 물론 하나님을 유일신으로 믿는 모든 종교를 찾아 공부했다. 옆에서 보기에도 대단하다고 느껴질 정도였다. 내게도 많은 생각의 변화가 찾아왔다. 내가 진리라고 여기는 내 신앙의 근본을 잘 설명하려면 무조건 "이게 진리야!"라고 주장만 할 게 아니라, 타 종교에 대한 기본적인 지식과 이해를 갖추고 있어야 한다는 것이었다. 그래야 여러 종교와 기독교가 왜 다른지 무엇이 어떻게 다르기에 내가 믿는 하나님이 지금도 살아 계신 분인지 논리적으로 설명할 수 있기 때문이다. 하나님을 찾기 위한 남편의 여정은 하나님을 이미 발견한 내게도 분명 필요한 시간이었다.

배우자 기도의 세 번째 조건, 함께 신앙을 키워갈 수 있는 사람

　이처럼 하나님은 나의 배우자 기도를 잊지 않으셨다. 시간이 한참 흐른 뒤에야 깨달았다. 기도는 하나님의 계획에 따라 완성형이 아닌 과정형으로 이뤄진다는 사실을! 하나님께서는 내 기도에 맞춰 배우자를 미리 준비해 주신 것이 아니라, 내 기도에 맞는 배우자를 만들어가심으로 그 안에서 살아 계신 하나님을 증명하시는 분이라는 것을. 그러니 배우자 기도는 순서까지 매겨가며 구체적으로 해야 한다는 신앙 선배들의 이야기가 틀린 말이 아니었다.

돌산과 마주하다

　　　　　　남편의 삶에 기적 같은 사건은 여전
히 일어나지 않았다. 가랑비에 옷이 젖듯 남편은 그렇게 조
금씩 하나님을 알아가는 중이었으나, 하나님을 향한 의심과
믿음에 대한 갈망 사이에서 계속 방황했다.

　그러던 어느 주일, 중동에서 선교하시는 한 선교사님께
서 교회에 방문해 설교하셨다. 15년 동안 난민은 물론 이슬
람 지역에서 요한복음과 사도행전을 전파하며 무슬림의 개
종을 위해 헌신하고 계신 분이었다. 그런데 지난 선교 활동

을 회고하며 그는 이슬람 지역은 아무리 기도하고 노력해도 절대 깨지지 않는 돌산 같은 곳이라, 단 한 명의 영혼도 구원하지 못하는 시간이 길어져 지쳐갔다고 하셨다. 물론, 이후 하나님의 놀라운 역사로 수많은 무슬림이 회심하며 예수 그리스도를 구주로 영접하고 중동 지역에 교회가 세워지는 기적 같은 일이 일어나고 있다고도 하셨다. 척박한 곳에서 헌신하시는 선교사님에 대한 존경의 마음과 그 가운데서 함께 일하시는 하나님의 은혜가 충만한 시간이었다.

예배가 끝나고 정리하고 있는데, 내 앞자리에 앉았던 남편이 한참이 지나도록 자리에 앉은 채로 움직이질 않았다. 마무리 기도를 하는가 싶어 기다렸는데, 그 후로도 고개를 숙인 남편은 요지부동이었다. 무슨 일인가 싶어 거리를 두고 가만히 살펴보니 남편은 조용히 울고 있었다. 남편과 함께 교회에 다닌 지 10년 만에 처음 본 모습이었다. 드디어 남편에게도 은혜의 영이 임한 것일까? 마음속으로 소리를 질렀지만 겉으로는 일절 내색하지 않았다.

한동안 흐르는 눈물을 주체하지 못하고 있는 그를 조용히 기다렸다. 얼마 후 교회에서 나와 아무렇지 않은 척 우리는 식사를 하러 갔다. 혹시 민망할까 싶어 아무것두 묻지 않았다. 먼저 입을 뗀 건 남편이었다.

"오늘 예배를 드리는데, 그 돌산이 이스라엘에만 있는 것이 아니라는 생각이 들더라고. 내가 돌산이었어!"

남편의 그 짧은 고백은 내 눈물을 막고 있던 둑을 '툭' 터뜨리고 말았다. 과분한 은혜였다.

내가 문제였어!

그날 집으로 돌아와 샤워를 하는데, 갑자기 의문이 들었다. 사실 선교사님의 말씀은 오히려 신앙심이 깊은 사람들에게 은혜가 있을 법한 내용이었다. 평소 남편이 관심을 가졌던 주제의 이야기도 아니었고 누군가의 간증으로 생각하고 듣기에도 어려운 내용들이 많았다. 그런데 남편이 처음으로 설교를 듣고 눈물을 흘리며 은혜를 경험하게 된 이유가 무엇일까? 샤워기에서 쏟아져 떨어지는 물소리와 함께 기도하며 하나님께 물었다.

그 전날 밤 우리는 작은 말다툼을 했다. 서로의 입장을 이야기하는 과정에서 나는 최대한 차분하고 이성적으로 이야기를 전달했던 것 같은데, 남편은 본인을 무시하는 느낌을 받았다고 했다. 평소 거의 화를 내지 않는 사람이었기에, 그의 갑작스러운 정색과 차가운 응대에 당황한 건 나도 마찬가지였다. 이 정도로 화를 낼 일은 아니라고 여겼는데, 이상하리만치 남편의 노여움은 쉽게 가라앉지 않았다. 결국 서로에게 상처 주는 말들을 몇 차례 주고받다가 침묵이 이어졌고, 내가 먼저 자리를 벗어났다.

그렇게 상황이 일단락된 줄 알았는데, 취침 시간 남편은 침대 위 베개를 들고 다른 방으로 들어갔다. 나는 부정적인 감정이 오래 지속되는 걸 좋아하지 않는다. 다음날이 주일이기도 했고, 또 루이가 아침에 일어나서 아빠 엄마의 부정적인 기운에 영향을 받기를 원하지 않기 때문이었다. 아이 앞에서는 절대 싸우지 않는 것이 우리 부부가 꼭 지키기로 한 원칙이기도 했다. 하지만 남편이 보인 태도는 원칙을 깨겠다는 신호이자 선전포고였다. 아무리 생각해도 이 정도로 화를 낼 일은 아닌 것 같아 부글대는 마음을 누르고 남편이 있는 방에 들어가 이대로 따로 잘 건지 물었다. 그런데 남편은 매우 단호했다. 본인은 억지로 화를 풀고 싶지도 않고 지금 당장 화를 풀 생각도 없다는 것이었다. 반면 나는 어떻게든 이 상황을 빨리 해결하고 싶었다.

그때 갑자기 매몰차게 등을 돌리고 누워 있던 남편이 일어나, 상황을 악화시키는 말들을 쏟아 냈다. 사건의 발단이 되었던 주제에서 벗어나 과거의 일들까지 끄집어 내며 모진 말을 이어갔다. 침착한 마음으로 어떻게든 상황을 해결하고 싶었던 나도 화가 스멀스멀 올라왔다. 남편의 이야기를 계속 듣고 있자니 내 안에 욱하는 감정들이 치밀었다. 속으로 계속 생각했다. '이대로 루이를 둘러업고 친정으로 갈까? 이 시간에 가면 괜한 걱정하실 테니 근처에 있는 호텔로 가버릴까? 어떻게 내 분노를 표출하고 남편에게 본때를 보여줄 수 있을까?'

수많은 생각이 머릿속을 스쳐 갔다. 그러는 동안에도 남편은 계속 화를 돋우는 이야기를 해댔다. "당신의 화가 풀릴 때까지 내가 루이랑 집을 나가 있을게. 화 풀리면 연락해!"라는 말이 입 밖으로 튀어나오기 일보 직전이었다. 휴대폰

우리의 기도는
하나님의 계획에 따라─
완성형이 아닌
과정형으로 이루어진다─

을 들고 있던 손이 부들부들 떨리면서 순간적으로 이를 집어 던지고 싶다는 충동까지 들었다.

'어떻게 할까? 어떻게 하지? 어떻게 남편에게 한방 먹이지? 어떻게 이 상황을 해결할까?' 휴대폰이 부서져라 이를 쥔 손에 힘을 더욱 실으며 아무것도 아닌 일로 시작된 이 싸움을 어떻게 하면 내게 유리한 쪽으로 종결시킬지 고민하느라 머릿속이 복잡했다.

그러던 찰나, 내 안의 그런 온갖 감정이 갑자기 사그라들었다. 상처 되는 말만 계속 던지는 남편에게 내가 던진 한마디는 이것이었다.

"여보, 기분 나빴으면 미안해. 내가 다시는 안 그럴게!"

나그네의 옷을 벗기는 것은 바람이 아닌 햇빛이라는 이야기처럼, 나의 이 한마디에 남편은 바로 자신도 미안하다고 응수했다.

이 같은 전날의 기억을 떠올리며 나는 하나님께 다시 물었다. "하나님! 오늘 선교사님의 말씀은 아무리 생각해도 남편의 상황에 맞는 이야기도, 쉽게 이해할 수 있는 이야기도 아니었던 것 같아요. 말씀을 통해 깨달음을 얻고 남편의 마음에 감동을 허락하신 그 은혜가 왜 오늘 이루어진 것인지 정말 궁금해요." 작은 샤워부스 안에서 시작된 나의 기도에 하나님께서는 바로 응답하셨다.

"지난밤, 네가 너의 모든 자아를 내려놓고 남편 앞에서 더욱 낮아졌기 때문이란다."

그동안 하나님과 남편 사이의 관계를 막고 있던 것은, 남편의 지극히 이성적인 성향이 아닌 남편을 억누르는 나의 교만한 태도였다는 걸 깨닫게 해주셨다. 그날 샤워부스 안에서 나는 회개 기도를 했다. 내 안에는 모태신앙으로 남편보다 먼저 하나님을 만났다는 우월감, 남편보다 돈을 잘 벌게 되면서 가계 경제를 책임지고 있다는 교만함이 있었다. 하나님은 나도 모르게 남편을 무시하고 내가 가정의 가장인 것처럼 지내왔던 날들을 돌아보게 하셨다. 하지만 하나님 나라의 법칙은 명확했다. 가정 안에서 남편의 권위를 바로

잡고 내가 그 권위에 온전히 순종하는 태도를 지닐 때 남편을 통한 하나님의 역사하심이 시작될 것이라는 응답을, 그밤 샤워부스 안에서 들었다.

배우자 기도의 두 번째 조건, 내 자녀의 머리에 손을 얹고 축복 기도를 해줄 수 있는 사람

나는 이제 확신한다. 우리 가정에 믿음의 가장으로 남편을 허락하신 주님이 하늘나라의 큰 뜻과 비전을 이미 이뤄가고 계시다는 것을. 청도 유학 시절 두 딸의 머리에 손을 얹고 축복기도를 하시던 그 선교사님처럼 분명 루이도 아빠의 축복기도를 받으며 자라날 거라고.

그래서 매일 다짐한다. 나의 교만이 남편을 가로막지 않기를, 하루하루 남편을 섬기고 남편을 존경하는 삶을 살게 되기를, 남편 앞에서 더욱 낮아짐으로 그가 하나님의 영광을 높이는 삶을 살게 되기를.

세상을 바꾸는
것보다 귀한 것

얼마 전 남편이 친한 형을 만나고 돌아왔다. 저녁을 먹으며 자연스럽게 기독교에 대한 이야기가 나왔는데, 형이 신에 대한 부정적인 자신의 생각을 거침없이 쏟아 냈다고 했다.

"신이 있다면 왜 악한 사람들을 그냥 두는 거야? 태어나자마자 죄 없이 죽는 아이들은 어떻게 되는 건데? 신은 없어. 신이 있다면 그런 일이 있어서는 안 되지!"

형의 이야기를 들으며 남편이 든 첫 번째 생각은 그가 과거의 자신과 똑같은 생각을 하고 있구나였고, 이어서 형이 하나님에 대해 상당히 큰 오해를 하고 있다는 생각이 들었다고 했다.

"형은 진짜 하나님이 아니라, 세상이 만들어 낸 잘못된 신의 모습을 오해하고 있는데……"

남편은 어느새 그 형 앞에서 하나님을 대변하고 있었다. 그 이야기를 들으며 나는 남편의 신앙이 조금씩 자라고 있다는 걸 확인했다. 하지만 남편은 여전히 하나님과의 기적 같은 체험이나 만남을 기대하고 있다. 하늘에서 강렬한 빛이 쏟아지고 하나님의 음성이 또렷하게 들리는 식의 다이내믹한 경험이 있어야만, 도무지 부정할 수 없는 명확한 하나님의 표식이 있어야만, 하나님을 만났다고 할 수 있는 게 아닐까 싶은 것이다. 본인이 하나님을 알아가는 과정에 있다는 것을 정작 자신만 알지 못하는 상태이다.

남편은 매일 성경을 읽고, 성경을 더 깊게 이해하기 위해 신학 서적도 읽는다. 매일 아침 찬양으로 하루를 열고 잠자리에 들기 전엔 혼자 무릎을 꿇고 앉아 자신을 만나 달라는 간절한 기도를 전심으로 하나님께 드린다. 여전히 교회에서 봉사하고 포도원 모임을 통해 성도들과의 교제에도 최선을 다한다. 그리고 남편은 이제 나보다 더 하나님에 대해 잘 아는 수준이 되었다. 믿음이 지식에서 오는 것은 아니지만, 하나님을 더 알기 위해 발버둥치는 그의 모습이 이젠 내게 귀감이 된다. 창세기 1장 1절, '태초에 하나님이 천지를 창조하시니라.' 이 한 줄의 진리가 온전히 믿어지는 그날이 속히 우리 남편에게 임하길 기도한다.

기도는 완성되어간다

20대 때 한 여배우가 쓴 신앙 서적을 읽었는데, 그곳에 이런 내용이 있었다.

'믿지 않는 배우자를 만나면 평생을 한 사람의 구원을 위해 기도하지만, 믿는 배우자를 만나면 세상을 바꿀 기도를 하게 된다.'

이 한 문장이 마음속 깊이 남았던 나는 무조건 신앙을 가진 사람과 결혼하리라 생각하며 살았다. 그런데 결론적으로 나는 무신론 가정에서 자라 하나님이 믿어지지 않는 사람과 결혼했고, 여전히 남편의 하나님에 관한 지식이 믿음으로 바뀔 날을 기대하며 매일 골방에 들어가 기도하고 있다. 가끔은 그런 남편이 답답할 때도 있고, 신앙 깊은 남편이 이끌어가는 다른 믿음의 가정이 부러울 때도 있다. 하지만 나의 이 모든 마음을 위로하시는 하나님은 분명한 말씀을 통해 '한 영혼이 천하보다 귀함'을 알게 하셨고, 세상을 바꾸는 기도보다 한 사람을 구원하는 기도가 더욱 가치 있다는 걸 알려주셨다.

✝   사람이 만일 온 천하를 얻고도 제 목숨을 잃으면 무엇이 유익하리요 사람이 무엇을 주고 제 목숨과 바꾸겠느냐

(마태복음 16:26)

✝   너희 중에 어떤 사람이 양 백 마리가 있는데 그중의 하나를 잃으면 아흔아홉 마리를 들에 두고 그 잃은 것을 찾아

내 것까지 찾아다니지 아니하겠느냐 (누가복음 15:4)

† 내가 너희에게 이르노니 이와 같이 죄인 한 사람이 회개
하면 하늘에서는 회개할 것 없는 의인 아흔아홉으로 말
미암아 기뻐하는 것보다 더하리라 (누가복음 15:7)

나는 이제 조급해하지도 걱정하지도 않는다. 잃어버린
한 마리의 양이 더 귀한 선한 목자되신 주님이 나와 함께하
신다는 걸 온전히 믿기 때문이다.

**배우자 기도의 첫 번째 조건, 장로와 권사 가정에서 믿음의 유
산을 물려받은 사람**

이제는 나의 기도를 완성해 가시는 주님이 곧 아버님과
어머님 또한 구원해 주시리란 더 큰 기대 또한 품게 되었다.
분명 그렇게 하실 주님을 찬양하며 하나님의 시간을 잠잠히
기다린다. 언제나 하나님의 계획하심은 내 생각보다 크고
놀라우며 선하시기 때문이다.

하늘 보좌에만 계시지 않는 하나님

고난주간 마지막 날 새벽예배에 남편을 데리고 갔다. 그 전날까지는 루이와 둘이서만 새벽예배에 참석했는데 마지막 날엔 온 가족이 함께 예배를 드리고 싶어서였다. 남편 역시 흔쾌히 응해주었다. 예배가 시작되었을 때 불현듯 남편이 믿음을 갖게 되는 날이 오늘이었으면 좋겠다는 생각이 들었다. 하나님께서 이미 나에게 남편의 구원을 확증해 주셨기에 언젠가 분명 남편이 하나님을 만나게 될 거라는 확신이 있었으나 그것이 오늘이었으면 좋겠다는 생각이 강하게 든 것이다. 찬양으로 예배를 여는 순간부터 말씀이 끝나고 함께 기도하는 시간까지 나는 남편을 위해 정말 간절한 마음으로 기도했다.

"하나님 오늘 이 자리에서 남편을 만나주세요! 남편에게 믿음의 영을 부어주세요. 은혜의 강물이 남편에게 흘러넘치게 해주세요!"

흐르는 눈물을 꾸역꾸역 삼켜가며 안타까운 마음으로 기

도하고 남편을 보니, 그는 나와 전혀 다른 시공간에 있는 사람처럼 무심하게도 졸고 있었다. 실망스러운 마음을 뒤로하고 교회를 나왔다. 하지만 그 날은 금요일이니 한 번의 기회가 남아 있었다. '아직 저녁 금요예배가 있으니 실망하긴 이르다.' 저녁이 되어 남편과 함께 금요예배에 참석했다. 다시 절박한 심정으로 기도했다.

"하늘의 문을 여셔서 지금 남편의 머리 위에 은혜를 부어주세요. 하나님, 제발 남편을 만나주세요. 믿음의 영을 지금 이 시간 이곳에 보내주세요!"

새벽에 기도했던 것보다 더 열렬히 기도하며 눈물 콧물을 쏟아가면서 울부짖었다.

"제게 주실 은혜마저 오늘 밤 모두 남편에게 쏟아부어 주세요! 제가 더 잘할게요. 제가 더 남편을 섬길게요. 제가 더 낮아질게요!"

뜨거운 나의 기도와 달리 예배가 끝난 뒤에도 남편은 달라진 게 하나도 없었다. 하지만 새벽예배가 끝나고 난 후와 비교해 내게 달라진 점이 있었다. 내 안에 서운함이 사라진 것이었다. 하나님은 간절한 내 기도에 대한 응답을 너무나 즉각적으로 해주셨다.

나는 마치 믿음이 하늘에서부터 떨어지는 것처럼 하나님께 계속 기도하고 요청해 왔다. 믿음은 안다고 얻는 것도 아니고 믿고 싶다고 얻을 수 있는 것도 아니기에 그저 하나님이 주셔야만 한다고 생각했다. 믿음은 선물이라는 말을 수도 없이 들었던 터라, 당연히 주는 쪽과 받는 쪽이 있다고도 생각했다. 그런데 하나님께서는 내가 가장 힘들었던 시절을 보여주시며 그때 내가 너를 그저 지켜보고 있었던 게 아니라, 그 시간 그곳에서 나와 함께했다고 말씀해 주셨다. 그리고 지금 이 시간 은혜를 주기 위해, 믿음의 영을 부어주기 위해 하늘 보좌에 있는 것이 아니라. 이미 남편과 함께하고 계시다고 하셨다.

남편 스스로가 아직 하나님을 모른다고 이야기하던 그때부터, 에덴 동산이 과연 실제로 존재하던 곳인지 처음으로 신에 대한 궁금증이 생기던 그때부터, 믿어지길 갈망하며 혼자 발버둥치던 그 모든 시간마다 하나님께서는 이미 그 자리에 남편과 함께하시며 그를 만나고 계셨음을 보여주셨다. 하나님은 언제나 문 앞에 서 계셨으며 그 문을 열지 않는 것은 우리 쪽이었음을 다시금 깨닫게 해주셨다.

하나님을 온전히 믿지 못하는 지금도, 남편과 항상 함께해 주시는 놀라운 하나님을 찬양한다.

남편의
신앙 간증문

우리 집 바깥양반(나는 아내를 이렇게 부른다)이 자신의 신앙에 관한 책을 쓰겠다고 한 날부터 나는 기도했다. 그 책 한 편에 나의 신앙 간증문을 넣을 수 있게 해달라고. 그것도 아주 감격스러우면서 놀라운 하나님의 역사하심이 드러나는(이런 표현을 쓰는 게 아직도 어색하긴 하다) 드라마틱한 일화를 소개할 수 있게 해달라고 말이다.

결론부터 말하자면, 아직 그런 일은 일어나지 않았다. 유튜브에서 높은 조회 수를 기록하는 성공한 사람들의 신앙 간증이나 교회 특별 집회 때 들을 수 있는 기적 같은 계시는 내게 일어나지 않았다. '드라마틱'하지 않아도 좋으니, 이 책이 나오기 전에 하나님을 온전히 믿게 되는 순간이라도 왔으면 좋았으련만. 그러면 얼마나 멋졌을까, 우리 집 바깥양반의 책이 더 빛나지 않았을까 싶었다. 그래서 말했다.

"자기야, 아직 내 간증문을 책에 넣기엔 많이 부족해. 자기 책이 최소 100쇄는 찍을 텐데(?!) 그때 써서 넣자! 영어로 번역돼서 출간될 텐데(?!) 그때 맞춰서 내가 써줄게."

물론 언제나 그랬듯, 아내를 이길 수 없었고 이렇게 간증문을 쓰고 있다.

"당신이 지금까지 지나온 과정을 소개하는 것만으로도 큰 의미가 있어."

나와 비슷하게, 아직까지 '믿지 못하는 사람들'이 조금이라도 빨리 하나님을 만나길 바라는 마음으로 글을 쓴다.

하나님을 알기 위해 《종의 기원》을 읽었다

얼마 전 인터넷에서 재미있는 글을 보았다. '우리나라 사람들이 가장 많이 가진 종교'라는 제목이었는데, 결론적으로 '불교 같은 무교'가 답이었다. 딱히 종교는 없어도 집안 어르신 중에 불교 신자가 있고, 깊은 산속 절을 떠올리면 어쩐지 마음이 편해지는 사람이 많다는 것이다. 정확한 통계에 기반한 사실은 아니었지만, 나는 자연스럽게 고개를 끄덕였다. 내가 그랬으니까.

물론 절에 몇 번 가보긴 했어도 종교로서 불교를 믿은 것도, 눈에 보이지 않는 그 어떠한 신을 의지한 것도 아니었다. 매년 시골의 큰집에서 제사를 지냈지만 정말 조상님의 영혼이 와서 제삿밥을 먹는다거나 제사를 잘 지내야 조상이 내리는 복을 받는다고 믿은 것도 아니다.

나는 그냥 철저히 '나' 중심적인 사람이었다. 눈에 보이지 않는 것은 믿지 않았다. 세상은 내가 살아가는 이 공간이 전부이고 인간도 태어났다가 죽으면 그대로 끝이라고 생각했다. 그것이 아주 합리적이고 이성적이고 논리적인 세계관이라 여기면서.

아내를 따라 10여 년간 교회에 다니면서도 어디 계신지도 모르겠는 하나님이라는 분에게 기도하고 감사하다 말하며, 심지어 울고불고 찬양하는 이들을 보며 솔직히 이렇게 생각했다. '정말 이성적이지 못하네. 그러니 의지할 곳 없는 나약한 인간이 신을 만든 거지!'

하지만 지금은 완전히 달라졌다. 나의 모든 세계관은 무너졌다. 신이라는 존재 없이 시간과 공간의 개념이 생겨나고 이 우주가 작동하고 있다고 믿는 것이야말로 얼마나 이성적이지 못하고 논리적이지 못한 것인지 알게 됐다. 나약한 인간이 신을 만든 것이 아니라, 신이 두려워진 인간이 신을 조금씩 없애버린 것이 아닐까 하는 생각마저 든다.

나는 인간이 어떻게 생겨났는지 궁금했다. 그 답을 찰스 다윈Charles Darwin이 쓴《종의 기원》에서 찾을 수 있으리라 기대했다. 다윈은 이 세상의 생명이 '자연 선택'을 통해 어떻게 진화해 왔는지를 몇백 페이지에 걸쳐 소개했다. 하지만 결론은 참으로 허무했다. 이 책 마지막 페이지, 마지막 문장은 이렇게 시작한다.

"처음에 몇몇 또는 하나의 형태로 숨결이 불어 넣어진 생명이 불변의 중력 법칙에 따라…(중략)… 가장 아름답고 경이로우며 한계가 없는 형태로 전개되어 왔고"

'기원'이란 단어는 무언가가 처음으로 생겨났다는 뜻인데, 결국 저자 역시 생명이 처음에 어떻게 생겨났는지 모른다는 것이었다. 인류사에 혁명을 몰고 온 책이라고 하더니 너무 무책임하다 싶었다. 하지만 그때까지만 해도 괜찮았다. 우리에겐 아직 '빅뱅 이론'이 있으니까. 그래, 빅뱅을 통해 최초의 종이 생겨나고 그다음에 진화했을 수도 있지! 하지만 빅뱅 이론을 깊게 파본 결론부터 말하면, 이 역시 하나의 이론에 불과했다. 나는 독학으로만 빅뱅 이론을 공부하고 완벽하게 이해하긴 어려울 것 같아 유튜브의 여러 강연을 찾아 보았다. 저명한 물리학자와 천문학자 들이 빅뱅에 관해 설명할 때 공통적으로 하는 말이 있었다.

"이렇게 이렇게 해서 빅뱅이 일어났고, 저렇게 저렇게 해서 우주가 만들어졌습니다! 그런데 빅뱅 전에 무엇이 있었냐고요? 그건 저도 모릅니다."

이 거대한 우주가 아주 작은 하나의 물질에 있었다가 그것이 폭발했다? 그러면 그 아주 작은 점은 언제부터, 왜 있었는데? 어떤 과학자는 말했다.

"아주 작은 점 이전에 원래 큰 우주가 있었고, 팽창 – 축소 – 폭발, 즉 빅뱅을 반복하고 있다!"

그럼 그 큰 우주는 또 언제부터 왜 있었는데? 또 다른 과학자가 말했다.

"정말 아무것도 없던 무無의 상태에서 폭발이 일어났다."

이건 반박할 가치도 없었다. 결국 시간 속에 사는 존재가 시간의 시작을 설명할 방법은 없다. 앞으로 어떤 일이 벌어질지 모르지만 적어도 지금까지는 없었다. 내 부족한 지식을 총동원해 내린 결론은 '시간과 공간을 벗어나 있는 절대

자가 이 세상을 만들었을 것 같다'였다.

내가 '만날' 하나님

기존의 내 세계관이 모두 무너졌음을 당당히 고백한다. 그 시작은 앞서 바깥양반이 쓴 글에도 나와 있지만, 아이의 학교 진학을 위해 시작한 성경 공부와 무신론자도 집중하게 만드는 목사님의 설교 덕분이었다(목사님은 항상 목회자가 아닌 하나님만 바라봐야 한다고 하시지만, 나 같은 초심자에겐 일타강사 목사님이 절실히 필요했다).

거기에 평소 호기심이 많고 궁금한 것은 꼭 답을 알아야 직성이 풀리는 성격이 더해지면서, 도대체 하나님이 어떤 분인지 알고 싶어졌다. 그래서 유명한 크리스천 유튜버들의 영상을 보고, 기독교 서적도 읽었다. 그러다 결국 이 모든 콘텐츠가 성경을 쉽고 재미있게 풀이한 것이라는 사실을 깨닫고, 성경을 직접 읽게 되었다. 물론 성경을 읽으면서 이 모든 이야기를 인간이 지어 낸 것이 아닐까 하는 의심이 들기도 했다. 특히 구약을 읽을 때는 계속 시험에 든다!

'이거 이스라엘 민족이 믿는 신에 관한 이야기네. 그런데 하나님은 왜 이스라엘 민족 외에 다른 민족은 보살펴 주시지 않은 거지?'

'고대 근동 설화 중에 성경의 내용과 비슷한 게 있던데, 성경도 인간이 지어 낸 신화 같은 거 아냐?'

'로마의 길이 이스라엘과 유럽이 아니라 한반도로 통했다면 단군 할아버지가 전 세계의 신이 됐을 수도 있는 거 아닌가?'

다행인 게 하나 있다면, 이런 의심이 들 때마다 그에 대한 답을 찾을 수 있도록 내 주변이 놀랍게 세팅(!)되어 있었다는 것이다(많은 목사님, 기독교 서적, 유튜브 채널에 감사드립니다). 하나님은 이스라엘 민족이라는 본보기를 통해 우리에게 말씀을 전하셨지만 그렇지 않은 민족에게도 복을 주셨다는 것을 성경을 통해 알 수 있었다(창세기 17:20 이삭의 형인 이스마엘을 통한 번성). 또 하나님은 그 시대 사람들이 이해할 수 있는 배경으로 말씀하셨기에 이스라엘 민족이 살았던 근동 지방의 설화를 사용하셨을 것이다. 근동 설화는 이야기 자체로 끝나지만 성경의 이야기는 그것을 읽은 사람에게 성령을 통한 감동과 회심의 순간을 선사한다. 기독교가 전 세계로 퍼져나간 것은 단순히 로마제국이 세계를 정복하면서 길을 놓았기 때문이 아니라, 예수님의 부활이라는 역사적 사실을 직접 눈으로 보고 경험한 뒤 땅끝까지 복음을 전파하기 위해 순교한 바울과 열두 제자들 덕분이었다.

이처럼 의구심을 품고 다시 이에 대한 공부로 납득하기를 반복하면서도 여전히 나는 머릿속에서 자라나는 의심과 싸우고 해답을 찾기 위해 노력하고 있다. 이를테면 바깥양반이 하나님의 방식대로 사업을 하여 일이 잘 풀린다고 고백할 때, '하나님의 방식대로 사업하지 않아도 잘되는 사람은 많던데?' 하는 식의 의심이 몰려온다. 그럴 때 나는 다음과 같은 해답을 찾곤 한다. "하나님은 인간을 사랑하시기에 믿지 않는 사람들도 하나님이 만들어 놓은 자연법칙에 따라 열심히 일하고 노력하면 성공할 수 있게 해주신다."

어쩌면 앞으로도 나는 이러한 의심과 해답 찾기를 반복하며 살아갈지도 모르겠다. 그래서 지금도 나의 첫 번째 기도 제목은 "하나님, 제발 제 마음속 의심이 사라지게 해주세요"이다. 그러다 보면 아내가 만난 하나님께서 나에게도 구원의 선물을 주시지 않을까. 정말 이 책이 100쇄를 찍을 때쯤일 수도 있고, 아니면 지금 이 순간일 수도 있을 것이다.

"이렇게 열심히 공부하는데 왜 하나님이 안 믿어지나요?"라고 원망도 해봤다. 하지만 돌이켜보니 내가 하나님을 만나기 위해 노력한 시간은 고작 1~2년 정도였다. 얼마 전 예배 때 중고등부 학생들의 찬양을 들었는데, 그들이 지금까지 쌓아오고, 앞으로 쌓아갈 신앙의 시간과 깊이를 나와 비교해 보니 그런 생각이 바보같이 느껴졌다. 이 모든 걸 하나님만 아시기에 조급해하지 않기로 했다. 소망하자면, 더는 '이해'함으로 하나님을 아는 것이 아니라 '믿음'으로 온전히 하나님을 만나고 싶다.

요즘 정말 부러운 것이 하나 있다. 바로 '내가 만난 하나님'을 고백하는 사람들이다. 절대자가 있다고 생각하면서도 그분이 하나님이라고 온전히 믿지 못하는, 그래서 예수님을 구주로 고백하는 것이 더없이 힘든 나도 언젠간 "내가 만난 하나님, 정말 감사합니다" 하며 내 신앙을 고백하고 싶다. 그때까지는 내가 '만날' 하나님을 생각하며 하루하루를 열심히 살아갈 것이다.

어나더 응답

아마도 큰 관심이 없을 나의 현재 진행형 신앙 성장기를 읽느라 고생하셨을 분들을 위해, 내 삶에 벌어진 하나님의 역사하심(!)이라고 믿고 싶은 일화를 소개하고자 한다.

바야흐로 2021년 가을, 대한민국 부동산 가격이 끝 간 데 없이 치솟을 때였다. 당시 우리는 자가로 거주 중이었는데, 다음 해 3월부터 루이가 교회 유치원에 다니게 되어 그 근처로 이사해야 했다.

지금도 그렇지만 그때는 더더욱 세상 물질을 좇아 살던 나였기에 돈을 가장 많이 벌 수 있는 최상의 방법을 고민했다. 하루아침에 몇백 몇천만 원씩 부동산 가격이 오르던 시기였기에 이사할 집을 미리 계약하고 2~3개월 뒤 우리 집을 팔면 차액을 많이 남길 수 있을 것 같았다.

속전속결로 이사할 아파트를 계약하고, 계약금과 중도금까지 마련해서 송금했다. 하지만 늘 그렇듯 문제는 예상치 못한 곳에서 일어났다. 높은 집값 상승에 대한 그동안의 피로도와 과도한 부채로 인한 정부의 대출 규제 등으로, 부동산 거래가 완전히 끊겨버린 것이다. 발등에 불이 떨어졌다. 거주 중인 우리 집을 보러 오는 사람이 없었다. 집을 팔지 못하면 이사할 아파트의 잔금을 마련할 수 없고, 그러면 일방적 계약 해지로 계약금과 중도금으로 들어간 3억 원도 돌려받지 못하게 된다! 나는 여러 부동산 중개소를 돌며 집을 내놓고 가격도 내렸다. 또 지역 부동산 카페에 들어가 글도 올리는 등 나름의 최선을 다했지만, 꺾인 시장에서 내 힘으로 집을 팔 수 있는 방법은 없었다. '이를 하실 수 있는 분은 하나님뿐이다.' 간사하게도 나는 하나님께 도움을 청했다. 매일 밤 방에 들어가 촛불을 켜놓고 '은혜'라는 찬양을 틀어놓고 기도했다.

"정말 이 가사처럼 이 모든 것이 하나님의 은혜입니다. 내 삶에 당연한 것이 하나도 없었는데 제가 그동안 아무것도 모르고 살았습니다. 하나님 죄송합니다. 감사합니다. 사랑합니다. 그리고 집 좀 팔리게 해주세요! 제가 다른 이유도 아니고 루이를 하나님의 자녀로 키우기 위해 이사하는 거 아닌가요. 그러니 제발, 집 좀 팔리게 해주세요!"

속으로 나도 내가 참 못났다고 생각했다. 하지만 어찌할 방법이 없었다. 그러던 중 누나와 매형이 우리 집에 놀러 왔다. 매형은 똑똑하고 성품도 훌륭한데, 무엇보다 신앙이 좋았다. 그동안 하나님께 드린 기도가 내심 찔렸던 나는 매형에게 물었다.

"매형! 하나님께 집 팔리게 해달라고 기도해도 들어주실까요?"

매형은 다음처럼 대답해 주었다.

"하나님은 언제나 우리의 기도에 응답해 주시지. 그런데 그건 'Yes'일 수도 있고, 'No'일 수도 있고, 아니면 'Another' 이거나 'Wait'일 수도 있어."

그때부터 나는 기도 내용을 바꿨다.

"정말 이 가사처럼 이 모든 것이 하나님의 은혜입니다. 내 삶에 당연한 것이 하나도 없었는데 제가 그동안 아무것도 모르고 살았습니다. 하나님 죄송합니다. 감사합니다. 사랑합니다. 그리고 이제 어떻게 해주시든 괜찮습니다! 하나님은 다 뜻이 있으시겠죠. 하나님께서 하시는 대로 따르겠습니다!"

이렇게 기도한 지 2주 만에 모든 문제가 해결됐다! 물론 우리가 살고 있던 집이 팔린 것은 아니었다. 상황은 이러했다. 어느 날 이사하기로 한 집을 중개해 준 부동산 중개소 소장님으로부터 연락이 왔다. 잔금일이 다가오는데 거주 중인 집이 팔렸느냐고 하셨다. 소장님도 우리가 잔금을 제때 치르지 못할까 봐 걱정하신 모양이었다.

아직 팔지 못했다고 대답하자 이런 이야기를 하셨다. 얼마 전에 손님이 한 명 왔는데 우리가 계약한 아파트 단지의 평수와 구조, 층수까지 똑같은 다른 집을 마음에 들어 했다는 거다. 우리가 계약한 가격보다 8,000만 원이나 높게 나왔는데도 너무 사고 싶어 해서 계약하기로 했는데, 돌연 그

집 주인이 마음을 바꿔 팔지 않기로 했다고.

그때 묘안이 떠올랐다. 아무리 가격을 내려도 거래가 되지 않는 시기이니, 거주 중인 집을 파는 것은 포기한다! 대신 우리가 이사하려고 한 집과 똑같은 집을 사고 싶어 하는 사람에게 계약한 집을 사게 하는 건 어떨까? 우리가 계약한 금액과 새로운 손님이 사려고 했던 집의 가격 차이가 8,000만 원이라니, 그 중간인 4,000만 원을 올린 가격으로 계약하면 되지 않을까 싶었던 것이다. 그렇게 하면 우리가 계약했던 아파트의 집주인은 4,000만 원을 더 벌게 되고, 똑같은 아파트를 사려고 했던 사람은 4,000만 원을 아끼게 된다! 더불어 나는 계약 해지 조건으로 계약금과 중도금까지 돌려받으면 되겠는데?

나는 당장 부동산 소장님께 다시 전화를 걸어 이를 설명했고, 소장님은 내게 조금만 기다려달라며 전화를 끊으셨다. 며칠 뒤 전화가 왔다.

"말하신 것처럼 그분들끼리 계약하기로 했습니다. □월 □일 □시까지 부동산으로 오세요. 계약 해지하고 돈도 받아가시면 됩니다!"

"할렐루야!"가 절로 나왔다. 그토록 부동산 거래가 어렵던 시기에 내가 이사하려던 집을 사려고 하는 사람이 나타난 것도, 세대수가 적어 내가 계약한 집 외에 매물이 없던 것도, 잔금일 전에 이 모든 일이 일어난 것도, 모두 기적이었다.

우리는 시간이 흐른 뒤 부동산 거래가 활발해질 때 집을 팔기로 하고, 기존 집에 세입자를 구한 뒤 그 돈으로 교회 인근 아파트에서 세를 살게 되었다.

'Yes'는 아니어도 감히 내가 상상할 수 없는 방법으로 응답하신 기도. 그리고 하나님의 완벽한 타이밍. 내가 만날 하나님, 정말 감사합니다! 이렇게까지 해주셨는데도 여전히 온전히 믿지 못하는 부족한 저를 계속 지켜봐 주시고 함께 해주신 성령님, 진심으로 감사드립니다.

포르쉐와 바꾼 헌금

"음… 매달 이 정도 금액이면 포르쉐 한 대는 굴릴 수 있겠는데?"

우리 집 바깥양반은 돈에 욕심이 많은 것 같으면서도 욕심이 없다. 돈을 벌기 위해 열심히 일하지만 정작 본인을 위해 쓰는 건 맛있는 음식을 사 먹는 정도가 전부다. 그런 아내가 돈을 아끼지 않는 일이 하나 있는데, 바로 하나님 나라를 위해 쓸 때이다. 십일조와 감사헌금, 기독교 NGO 기부 등 매달 나가는 돈을 계산해 보니 꽤 큰돈이었다. 나도 여느 남자들처럼 차를 정말 좋아하는데, 그 정도면 평소 그리던 드림카 한 대 뽑아서 하차감을 느끼며 멋들어지게 살 수 있을 것 같았다.

물론 이렇게 돈을 쓸 때 아내는 나와 먼저 상의한다. 아무리 돈을 쓰고 싶어도 부부는 경제 공동체 아니겠는가. 더군다나 아직까진 헌금에 대한 인식이 다른 남자와 함께 살고 있으니 더욱 조심스러웠을 터. 그래서인지 아내는 고맙게도 늘 내게 동의를 구하고 같이 계획해서 돈을 쓴다. 사실 결혼 초반에 나의 수입이 더 많았을 때도 결혼했으니 누가 많이 벌든 각자가 아닌 우리의 돈이라고 생각했다. 지금 생각해 보니 정말 다행이지 싶다!

넌크리스천들은 교회에 헌금을 하는 걸 잘 이해하지 못

할 것이다. 하지만 의외로 나는 이제 거리낌 없이 하고 있다. 그것이 하나님의 방식이라고 배웠기 때문이다. 내가 신앙 생활을 하며 배운 것과 납득한 것은 이렇다.

사실 하나님은 돈이 필요한 분이 아니다. 내가 아니어도 다른 이의 물질을 통해 충분히 모든 일을 하실 수 있다. 다만 재물의 복(=물질의 은사)은 그것을 하나님 나라를 위해 잘 쓸 수 있는 사람에게 주어진다. 그리고 많은 돈을 벌기 위해서는 그에 걸맞은 큰 그릇을 가져야 한다. 그래야 하나님께서 그릇에 맞는 재물을 주신다. 큰 그릇을 가지고 돈을 쓴다는 것은, 이 모든 물질이 내 것이 아닌 하나님이 주신 것임을 인정하고 계속 하나님 나라를 위해 돈을 흘려보내는 것이다.

솔직히 말하면, 이 과정을 통해 나는 더 큰 부자가 되고 싶다! 전에는 이런 마음을 숨기고 애써 "돈보다 하나님을 더 사랑합니다. 더 많은 돈을 주시면 하나님 나라를 위해 쓰겠습니다"라고 기도했다. 그런데 얼마 전 아내가 던진 한마디 때문에 정직해질 수 있었다.

"사람마다 신앙의 깊이가 다를 수 있어. 그런데 자기는 너무 높고 엄격한 기준에 도달해야 진정한 신앙이라고 생각하는 것 같아. 어차피 하나님은 우리가 그런 마음이 아니라는 것도 모두 아셔. 그러니 지금 마음에 맞는 방법으로 기도해도 괜찮아."

그래서 나는 오늘도 기도한다.

"하나님 열심히 일할 수 있게 해주셔서 감사합니다. 앞으로도 돈 많이 벌게 해주세요. 지금처럼 하나님 나라를 위해 잘 쓰겠습니다. 그리고… 저도 조금 쓸게요!"

성장하는 크리스천의 특징

얼마 전 〈Ch.염미솔〉 유튜브 채널에 '종교가 다른 부부의 결혼 생활'이라는 제목의 영상을 올렸다. 독실한 크리스천 아내와 무신론자(에서 크리스천이 되어가고 있는) 남편의 신앙과 결혼 생활에 대한 솔직한 이야기를 담은 영상이었다.

그런데 눈에 띄는 댓글이 하나 있었다. 바로 "남편은 일요일에 다른 하고 싶은 것도 많을 텐데 아내를 위해 같이 교회에 다녀주네요. 부인은 고마운 줄 아세요!"였다.

저 댓글을 본 아내는 기분이 나빴을 거다. 하지만 나는 저 댓글이 넌크리스천 대다수의 일반적 시각이라고 생각한다. 그들 입장에서는 크리스천의 행동 모두가 시간 낭비, 돈 낭비처럼 보일 수 있으니까.

그런데도 내가 아주 편한 마음으로 신앙 생활을 하고 있는 건 아내에 대한 신뢰 때문이다. 처음 교회에 나간 건 1년 반 동안 짝사랑하던 여자와 데이트하고 결혼하고 싶어서였지만, 10년이 지난 지금은 아내를 통해 크리스천에게는 분명히 다른 무언가가 있다는 것을 알았기 때문이다.

그것은 하나님을 믿지 않는 사람에게서는 결코 찾아볼 수 없는 아주 강력한 영적인 힘이었다. 함께 교회에 다니자고 한 것 외에 아내가 내게 억지로 강요한 건 없다. 하지만 본인의 삶을 통해 크리스천으로 살아가는 일이 얼마나 즐거운 것인지 알게 해주었다. 주변의 소중한 사람을 전도하고 싶다면 절대로 '강요'해서는 안 된다. 그럴수록 오히려 튕겨 나간다. 하나님이 어떤 분인지 깨달을 수 있도록 조금씩 물들이면서 본인의 삶을 통해 본을 보이는 것이 가장 확실한 방법이지 않을까 싶다. 곁에서 지켜보니 '성장하는 크리스천'에게는 다음과 같은 특징이 있었다.

첫째, 지금 하는 일에 최선을 다한다. 이들은 하나님이 인간을 너무 사랑해서 만들어주신 아름다운 이 세상에서 열심히 일하며 살아가는 것을 소명으로 생각한다. 그리고 열심히 일하면 반드시 성공할 수밖에 없다!

둘째, 결과에 쿨하다. 아무리 본인이 열심히 해도 하나님께서 안 된다고 하시면 정말 안 되는 것이라고 생각한다. 그래서 일이 잘 안 풀려도 "하나님께 다른 뜻이 있으시겠지" 하면서 바로 다른 일을 시도한다. 참고로, 세상에서는 이를 '피벗'이라고 부르는데 마케팅에서도 아주 중요한 요소이다.

셋째, 마음 밭이 튼튼하다. 크리스천에게는 이 세상 가장 강력한 '비빌 언덕'이 있다. 바로 하나님이다. 지금 일이 좀 안 풀려도 천국이라는 구원의 선물을 받았으니 '이 세상쯤이야! 까짓것!' 하는 마인드가 있다. 세상 사람들은 이를 '강한 멘탈'이라고 부른다.

지금 내 옆에는 신앙의 힘을 바탕으로 누구보다 멋지게 이 세상을 살아가는 아내가 있다. 앞에서 언급한 유튜브 댓글처럼 처음엔 내가 아내를 위해 교회를 '다녀준다'고 생각했지만 이젠 나에게 세상 가장 강력한 '비빌 언덕'인 하나님을 소개해 준 아내에게 고마운 마음이 크다. 크리스천들은 교회에 다니게 하고, 하나님의 말씀을 읽게 하고, 하나님을 만나게 해주는 분이 성령님이라고 하던데, (이렇게 말해도 될지 모르겠지만) 만약 눈에 보이는 성령님이 있다면 나에게 그는 아내일지도 모르겠다.

Chapter 4.

하나님 나라의 성장 원칙

하나님의 주권을
인정하라

　

　

유튜브를 통해 '다니엘 기도회(1998년 오륜교회에서 '다니엘세이레기도회'란 이름으로 처음 시작되어, 매년 11월 국내외 수많은 교회가 참여해 21일간 이어지는 기도회)'를 시청했다. 기도회 기간 많은 분의 간증을 들었고 각 사람의 삶 속에 역사하시는 하나님의 이야기들을 들으며 함께 웃고 울었다. 그런데 수많은 간증 영상 속 내가 유독 뜨겁게 은혜를 받은 이야기의 주인공들에게는 특별한 공통점이 있었다.

누가 봐도 처절하게 실패해 우울하고 암흑 같은 시절을

오랜 시간 경험했음에도 그들의 얼굴이 천사처럼 환하고 밝다는 것이었다. 심지어 어떤 분은 병마와 싸우며 여전히 해결되지 않은 일 가운데 있었지만, 그 어떤 근심이나 걱정도 없는 모습으로 오직 기쁨만이 얼굴에 흘러넘쳤다. 이는 결코 겉으로 꾸며 낼 수 없는 것이기에 깊은 내면에서 우러나온 것임을 누구라도 느낄 수 있었을 것이다.

그에 반해 나는 희로애락이 얼굴에 그대로 드러난다. 하루에도 수십 번씩 화가 났다가 불안했다가 기뻤다가 슬펐다가 행복했다가 좌절하곤 한다. 저 사람들의 밝은 평안은 과연 어디서 오는 것일까 깊게 묵상하던 중 그들과 나의 가장 큰 차이를 깨달았다. 바로 내 삶의 주권을 어디에 두고 있느냐가 달랐다.

† 해 뜨는 곳에서든지 지는 곳에서든지 나 밖에 다른 이가 없는 줄을 알게 하리라 나는 여호와라 다른 이가 없느니라 나는 빛도 짓고 어둠도 창조하며 나는 평안도 짓고 환난도 창조하나니 나는 여호와라 이 모든 일들을 행하는 자니라 하였노라 (이사야 45:6~7)

하나님의 계획에 한 치의 오차가 없다는 걸 고려하면 내 삶에 주어지는 모든 상황에 일희일비할 이유가 전혀 없다. 내가 좋아하는 한 목사님은 설교 끝에 항상 이 말을 덧붙이시곤 하셨다.

"하나님이 더 잘해주실 겁니다."

그렇다, 분명 하나님은 내 생각보다 크시고 나의 계획보다 훨씬 뛰어나시니 더 잘해주실 거라는 걸 온전히 믿고, 그분을 내 삶의 주권자로 인정하는 것이 청지기의 첫걸음이다.

✝ 내 형제들아 너희가 여러 가지 시험을 당하거든 온전히 기쁘게 여기라 이는 너희 믿음의 시련이 인내를 만들어내는 줄 너희가 앎이라 인내를 온전히 이루라 이는 너희로 온전하고 구비하여 조금도 부족함이 없게 하려 함이라 (야고보서 1:2~4)

✝ …오직 하나님은 우리의 유익을 위하여 그의 거룩하심에

참여하시게 하시느니라 무릇 징계가 당시에는 즐거워 보이지 않고 슬퍼 보이나 후에 그로 말미암아 연단 받은 자들은 의와 평강의 열매를 맺느니라 (히브리서 12:10 하~11)

우리가 고난받는 순간에도 하나님은 온전한 목적을 가지고 계신다는 사실을 믿어야 한다. 나는 21일간 300명의 사람과 매일 하나의 주제로 글을 쓰는 챌린지를 진행한 적이 있다. 어느 날 주어진 주제는 다음과 같았다.

내가 사고 싶은 것, 갖고 싶은 것, 하고 싶은 것을 모두 이루고 난 후에도 가진 돈이 너무너무 많다면, 그 이후엔 무엇을 하고 싶은가?

아버지가 10년간 병상에 누워 있어 오랜 기간 병간호를 해온 사람은 아픈 사람들을 위한 의료 재단을 만들겠다고 했다. 가난해서 배움의 뜻을 이루지 못한 사람은 장학 재단을 만들겠다고, 아픈 아이를 키우고 있는 사람은 어린이를 위한 의료 서비스를 지원하겠다고 했다. 또 희귀병과 싸우

하나님의 계획에는
한 치의 오차도 없다ー
그렇기에 버려지는 시간도 없다ー

고 있는 사람은 이를 치료할 수 있는 약을 개발하는 데 남은 재산을 쓰고 싶다고 말했다.

고난을 경험한 사람만이 동일한 어려움에 처한 사람의 마음을 온전히 이해할 수 있는 법이다. 지나고 보니 하나님은 나를 가난하게 하셔서 가난한 자들을 도울 마음을 품게 하셨다. 하나님은 나를 청지기로 사용하기 위해 무엇이 필요한지를 정확히 알고 계셨고, 그렇게 살게 하셨던 것이다. 그러니 우리는 언제나 고난 끝에 계획된 하나님의 선한 인도하심을 믿어야 한다. 모태에 짓기 전부터 이미 나를 알았고, 나의 머리털 수까지 아시는 하나님의 계획은 이미 완벽하게 이루어져가는 중이다.

또 하나, 우리가 분명히 알아야 할 것이 있다. 하나님은 우리가 고난을 겪고 있을 때 그저 관망하고 계시는 분이 아니라는 사실이다. 하나님이 우리의 모든 필요를 아신다는 것은 그분이 전지전능해서가 아니라, 그가 인간의 몸으로 우리가 겪는 그 모든 것들을 먼저 경험해 보셨기 때문에 가능하다. 초라한 말구유에서 태어나 나귀를 타고 예루살렘에 입성하시고 제자들에게 배신당하고 버림받고 의심받던, 십자가에 못 박혀 죽는 그 순간까지도 멸시와 조롱을 받은 예수님이 곧 하나님이시기에, 그는 우리의 고난과 역경을 우리와 같은 마음으로 아파하고 안타까워하신다.

나 역시 하나님과의 관계에서 오해한 부분이 있었다. 앞서 이야기했지만 춘천에서 아이들을 가르치던 시절은 내 인생에서 가장 가혹한 시절이었다. 심지어 부모님이 신용불량자가 되었던 그해보다 훨씬 힘들었다. 사방을 둘러봐도 나에게 손을 뻗어 구해줄 사람이 없는 것 같았고 온 세상이 흑백처럼 보였다. 시간이 흘러 지난 고난주간 성금요일 예배에서 하나님이 내게 환상을 보여주셨다. 변변찮은 세간살이가 들어선 어둡고 캄캄하기만 한 내 작은 원룸, 가까운 친구들과도 연락을 끊고 사랑하는 남자친구에게도 내가 처한 상황을 솔직히 털어놓지 못해 홀로 고군분투하며 매일을 울던 그곳에서 하나님도 가슴을 치며 함께 아파하고 계셨던 모습을 말이다.

그 전까지도 나는 주님을 결코 닿을 수 없는 높은 하늘 보좌에 앉아 계신 하나님, 그래서 그저 나를 내려다보고만 계신 하나님이라 여기며 물리적으로 멀게 느끼고 있었다.

하지만 내가 바닥을 치고 있는 그 순간, 하나님은 나보다 더 낮은 곳에서 나와 함께하고 계셨다. 나보다 훨씬 큰 고통과 아픔, 외로움과 슬픔을 먼저 겪으신 하나님께서는 누구보다 더 깊게 나를 이해하셨다. 그러니 고난과 역경의 순간이 닥치더라도, 혼자라고 생각해서는 절대 안 된다.

고난의 순간, 하나님이 우리를 테스트하고 계시는 게 아니다. 우리가 그 고통을 얼마나 잘 견뎌내는지, 그 과정을 어떻게 이기며 얼마나 빨리 회복하는지 지켜보고 계시는 것이 아니다. '이번 고난을 잘 이겨내면 내가 너에게 축복을 내려 주마' 하며 기다리고 계시는 것도 아니다. 그 순간 하나님은 우리와 함께 아파하신다. 하나님은 우리와 함께 그 고통을 감내하신다. 단, 분명한 사실은 하나님이 우리를 더 좋은 길로 인도하신다는 것이다. 그러니 어떤 순간에도 하나님이 내 삶의 주인이라는 사실을 잊지 말길 바란다. 하나님의 주권을 인정하는 순간, 절대적인 평안의 축복이 우리 삶에 찾아올 테니.

하나님은 과정을
만드시는 분임을
이해하라

많은 크리스천이 잘못 생각하는 것
이 하나 있다. 무언가를 이루는 과정을 내가 만들고, 그에 대
한 결과를 하나님이 주신다는 생각이다. 완벽한 착각이다.

하나님은 우리를 위해 길을 준비하시고 길을 열어 주신
다. 하지만 그 길을 선택하고 그 길을 걸어갈지 말지를 결정
하는 것은 우리의 몫이다. 사랑의 하나님이 우리에게 자유
의지를 허락하셨기 때문이다. 공부는 전혀 하지 않으면서
좋은 성적을 거두게 해달라고 하는 기도가 이루어질 수 없

다는 것을 알고 있지 않은가.

그런데 삶이라는 시험대 위에서 우리는 이를 종종 간과한다. 하나님은 각 사람을 향한 계획을 갖고 계시지만, 그것의 실현 여부는 우리의 태도에 달렸다. 그래서 우리가 해야 할 일은 주어진 삶에 최선을 다하는 것이다. 적어도 주어진 시간을 하나님이 보시기에 부끄럽게 사용해서는 안 된다. 우리는 그분의 뜻을 완벽히 헤아릴 수 없고 그 인도하심을 낱낱이 이해할 수도 없기에, 삶의 모든 과정에 충실해야 하는 것이다. 하나님의 뜻이 이루어지는 순간을 우리가 알 수 없기 때문이기도 하다.

† 다섯 달란트 받았던 자는 다섯 달란트를 더 가지고 와서 이르되 주인이여 내게 다섯 달란트를 주셨는데 보소서 내가 또 다섯 달란트를 남겼나이다 그 주인이 이르되 잘하였도다 착하고 충성된 종아 네가 적은 일에 충성하였으매 내가 많은 것을 네게 맡기리니 네 주인의 즐거움에 참여할지어다 하고 두 달란트 받았던 자도 와서 이르되 주인이여 내게 두 달란트를 주셨는데 보소서 내가 또 두

달란트를 남겼나이다 그 주인이 이르되 잘하였도다 착하고 충성된 종아 네가 적은 일에 충성하였으매 내가 많은 것을 네게 맡기리니 네 주인의 즐거움에 참여할지어다 하고 한 달란트 받았던 자는 와서 이르되 주인이여 당신은 굳은 사람이라 심지 않은 데서 거두고 헤치지 않은 데서 모으는 줄을 내가 알았으므로 두려워하여 나가서 당신의 달란트를 땅에 감추어 두었었나이다 보소서 당신의 것을 가지셨나이다 그 주인이 대답하여 이르되 악하고 게으른 종아 나는 심지 않은 데서 거두고 헤치지 않은 데서 모으는 줄로 네가 알았느냐 그러면 네가 마땅히 내 돈을 취리하는 자들에게나 맡겼다가 내가 돌아와서 내 원금과 이자를 받게 하였을 것이니라 하고 그에게서 한 달란트를 빼앗아 열 달란트 가진 자에게 주라 무릇 있는 자는 받아 풍족하게 되고 없는 자는 그 있는 것까지 빼앗기리라 (마태복음 25:20~29)

마태복음의 달란트 비유는 크리스천이라면 모두 알고 있는 말씀일 것이다. 많은 사람이 다섯 달란트 가진 자와 한 달란트 가진 자를 비교한다. 다만 우리가 눈여겨봐야 할 부분은 다섯 달란트 가진 자와 두 달란트 가진 자이다. 하나님께서는 더 많은 달란트를 가진 사람에게 더 잘했다고 말씀하지 않으셨다. 가진 달란트의 수와 관계없이 그저 이를 활용하는 데 최선을 다한 두 사람을 똑같이 대하셨다. 이를 보면 내가 가진 달란트가 몇 개인지는 중요하지 않다는 걸 알 수 있다. 그러니 더 많이 가진 자의 것을 탐할 것도, 더 많이 가졌다고 우쭐해할 것도 없다. 단, 하나님이 주신 달란트를 그냥 두어서는 안 된다.

단, 하나님은 각 사람에게 몇 달란트를 주셨는지는 알려주시지 않는다. 내가 몇 달란트를 받은 사람인지는 스스로 알아내야 한다. 그래야 내가 몇 달란트를 남겨야 하는지 계산할 수 있기 때문이다. 그럼 그 달란트의 수가 몇 개인지, 내가 받은 달란트가 무엇인지는 어떻게 찾을 수 있을까?

나는 우리 아이가 다양한 것을 경험해 보길 원한다. 악기도 이것저것 다뤄보고 그림도 그려보고 노래도 해보고 그리고 책도 많이 읽었으면 좋겠다. 그래서 과학관에도 데려가고 체험학습도 시키고 여름에는 시골에 내려가 함께 옥수수도 따며, 우리 아이가 좋아하고 잘하는 것이 무엇일지 끊임없이 탐색한다. 이렇게 자녀를 키우는 마음으로 나 자신을 키워야 한다. 그저 주어진 상황에 안주한 채 '나는 이것밖에 할 수 없는 사람'으로 자신을 정의하고 그 한계를 제한해서는 안 된다. 내가 전지전능하신 하나님의 자녀라는 사실을 자각하며, 내가 몇 달란트를 받았는지 확인하고 이를 배로 만들고자 노력해야 한다.

하나님은 우리의 의지를 먼저 확인하신다. 내가 의지를 보이면 나머지 길은 하나님께서 안내하신다. 그때 우리는 순종하며 맡은 역할에 충성해야 한다. 그럼 하나님께서 더욱 분명한 그 분의 길을 우리에게 보여주실 것이다. 기억하라. 결과를 만들어 낼 책임은 나에게 있다. 달란트를 주신 것은 하나님이시지만 그것을 사용할지 말지는 우리의 태도에 달렸다.

이웃을 내 몸과 같이
사랑하라

'플리크'를 설립하면서 나는 플리크가 하나님 나라를 위해 쓰임받는 기업이 되게 해달라고 기도했다. 그러기 위해서는 하나님의 분명한 응답이 필요했다. 플리크의 운영 수익으로 구제할 것인지 선교할 것인지, 아니면 그때그때 필요한 곳에 후원할 것인지 정해야 했다. 솔직히, 내가 그럴싸한 일을 하게 되었다는 우월감도 들었다. 기도하며 마치 내가 무어라도 된 양 "하나님, 제가 무엇을 해야 좋으시겠어요?"라고 물었다.

나에겐 초심을 잃지 않고 마음먹은 것을 굳건히 이뤄나갈 어떤 장치가 필요했다. 고단한 순간마다 '그래! 하나님께서 내가 이 일을 하길 원하셨지!' 하며 스스로 다독일 징표 같은 것 말이다. 그것이 어려운 아이들을 위한 것이든, 선교를 위한 것이든 하나님께서 알려만 주신다면 마땅히 그 사역을 감당하겠노라 생각했다. 나는 골방에서 기도하며 하나님의 응답을 기다렸다.

"하나님 제가 진정한 그리스도인으로 성화되기 위해 해야 할 일이 무엇일까요?"

그런데 하나님께서 내게 원하신 것은 기부나 섬김 같은 크고 원대한 일이 아니었다.

† 예수께서 이르시되 네 마음을 다하고 목숨을 다하고 뜻을 다하여 주 너의 하나님을 사랑하라 하셨으니 이것이 크고 첫째 되는 계명이요 둘째도 그와 같으니 네 이웃을 네 자신같이 사랑하라 하셨으니 이 두 계명이 온 율법과

하나님은 내가 누군가를 위해 수익을 사용하는 것보다 주변 사람을 먼저 사랑하길 원하셨다. 그 순간 내 주변을 둘러싸고 있는 가족, 직원, 친구, 지인 들의 모습이 떠올랐다. 그들에게 나는 진정 사랑을 베풀고 있었던가? 부끄러워졌다. 대외적으로 드러나는 나의 모습은 능력 있고 성공한 크리스천이었을지 모르지만, 정작 가까운 사람들은 나를 그렇게 평가하지 않을 것 같았다.

나는 오래 참는 사람인가?

나는 온유한 사람인가?

나는 시기하지 않는 사람인가?

나는 자랑하지 아니하며 교만하지 아니한 사람인가?

나는 무례하지 않은 사람인가?

나는 자기의 유익을 구하지 아니하는 사람인가?

나는 성내지 아니하는 사람인가?

나는 악한 것을 생각하지 아니하는 사람인가?

나는 불의를 기뻐하지 아니하는 사람인가?

나는 진리와 함께 기뻐하는 사람인가?

이러한 질문에 어느 것 하나 자신 있게 "그렇다"라고 대답할 수 없었다. 하나님은 그럴싸한 행동보다 내 안에 타인을 향한 '긍휼'이 먼저 채워지길 원하셨다. 그날 이후 가까운 사람들을 바라보는 나의 시선이 달라졌다. 내가 있는 곳이 천국이 되어야 했다. 이름 모를 누군가를 위해서가 아니라 내가 서 있는 이곳에서부터 그리스도의 사랑이 퍼져나가야 했다. 하나님께 필요한 것은 우리의 어떤 결과물이 아니라, 우리 자신이었다.

† 그런즉 우리가 무슨 말을 하리요 의를 따르지 아니한 이 방인들이 의를 얻었으니 곧 믿음에서 난 의요 의의 법을 따라간 이스라엘은 율법에 이르지 못하였으니 어찌 그러하냐 이는 그들이 믿음을 의지하지 않고 행위를 의지함이라 부딪칠 돌에 부딪쳤느니라 (로마서 9:30~32)

아주 오래전 야간 등산을 한 적이 있다. 교회 선생님들과 함께 덕유산에 올랐다. 새벽 2시쯤 시작된 산행이었다. 한 줄기 빛도 없는 칠흑 같은 산길을 오르려면 오직 맨 앞사람의 랜턴만 바라보며 앞사람과 밀착해 따라가야 했다. 사방을 둘러봐도 어둠뿐이라 여기가 어디쯤인지, 내 주변에 무엇이 있는지 전혀 알 수 없었다. 그곳에서 벗어나려면 그리고 정상에 오르려면, 온전히 앞사람을 믿고 작은 불빛만 따라가는 수밖에 없었다.

그때 깨달았다. 내 인생에 하나님이 이 불빛을 비춰주고 계시다는 것을, 길이 되신 하나님을 믿고 그분이 이끄시는 대로 따라가야 낙오되지 않는다는 것을, 내가 어디로 가야 할지 이미 알고 계신 그분만 온전히 의지하는 것이 내가 살아갈 방법이라는 것을 말이다. 하나님은 내가 오르고 있는 산의 정상이 어디인지, 얼마만큼 남았는지 알려주지 않으신다. 하지만 내가 그 불빛을 믿으며 한 걸음 발을 떼었을 때 내가 오른 높이만큼 볼 수 있게 하셨다. 이쯤이면 다 왔겠다 싶어 으쓱하는 순간, 하나님은 우리를 다음 길로 또 인도하신다.

내가 이만큼 했으니 이거 하나님께 돌려드릴게요, 하며 자신만만했던 내게 그리스도의 사랑을 요구하시는 그분의 수준은 인간이 감히 헤아릴 수 없다는 것을 또 깨달았다.

† 내가 내게 있는 모든 것으로 구제하고 또 내 몸을 불사르게 내줄지라도 사랑이 없으면 내게 아무 유익이 없느니라 (고린도전서 13:3)

나를 사랑하셔 이 땅의 모든 피조물을 창조하신 하나님의 깊은 뜻을 또 잊고 있었다. 하나님이 원하시는 건 오직 그리스도의 사랑이라는 사실을 잊지 말아야 한다.

부모를 공경하고
사랑의 빚을 먼저 갚아라

　　결혼하고 아이를 낳고 내 일이 어느 정도 자리를 잡았을 즈음, 삶에 안정감이 찾아왔다. 이대로라면 우리 가족이 부족하게 살지는 않겠다, 싶었다. 하지만 나의 부모님을 떠올리면 마음이 무거웠다. 아빠는 퇴직 후 일용직으로 근근이 일하고 계셨고, 엄마는 평생 식당에서 일한 탓에 손가락 관절이 하나둘 굳어가고, 무릎 역시 성치 않아 수술이 필요할 정도로 건강이 약해지셨다.

　　외동딸로 부모의 무한 사랑과 지지를 받아온 나였기에

부모님의 노후를 생각하면 마음이 답답했다. 당연히 책임감을 느끼고 있었지만 그때까지 이룬 경제적 수준이 3대가 돈 걱정 없이 여생을 잘 먹고 잘살 수 있을 정도는 아니었기에, 그저 두 분이 경제 활동을 하고 계신다는 사실에 감사하면서 막연히 '언젠가'로 책임을 회피하고 있었다.

그러던 어느 날, 온라인 쇼핑몰로 큰돈을 벌어 온 가족을 부양하고 있는 한 대표님을 알게 되었다. 신발 장사로 시작한 그녀는 사업을 확장해 종합쇼핑몰을 운영하면서 부모는 물론 오빠네 가족과 함께 일하고 있었다. 어느 순간 강남 가로수길의 건물주가 된 그녀를 보며, 내 생각도 바뀌었다.

내가 현재 처한 상황에 맞춰 부모를 부양할 생각을 하니 답이 없는 것이었다. 부모님을 돕는 일이 전혀 부담스럽지 않은 수준까지 내 사업을 키우면 되지 않을까? 나는 방법을 찾기 시작했고 그렇게 조금씩 일의 영역을 넓혀 나갔다.

엄마가 식당을 운영하시게 된 이후부터 우리 가족은 늘 명절 연휴를 식당에서 보냈다. 엄마는 명절 기간에도 쉬지 않고 장사를 하셨기에, 가서 일손을 도왔다. 갈 때마다 항상 루이를 위해 좋은 것, 예쁜 것, 맛있는 것들을 잔뜩 준비해 두시곤 버선발로 뛰쳐나와 우리를 맞아주시는 부모님이었다. 2년 전 설날이었다. 여느 때처럼 식당에서 명절을 보내고 있었는데, 엄마가 좀 이상했다. 반은 정신이 나간 사람처럼 의욕도 없고 루이를 바라보는 시선도 평소 같지 않았다. 엄마가 계신 곳만 옛날 흑백 TV 속 배경 같달까. 피곤해서 그러시겠지 하며 집으로 돌아왔지만, 며칠간 계속 전화로 안부를 물었다. 엄마는 아무 일도 없고 아무렇지도 않다고 하셨지만, 그날 본 엄마는 마치 내가 춘천에서 아무런 꿈과 비전도 없이 살던 때와 똑 닮아 있었다.

안 되겠다 싶어 우리 집과 가까운 곳에 부모님을 모시기로 했다. 내가 만약 부모를 부양해야 한다면 그것은 부모님이 신체적으로 힘들거나 아프실 때가 아니라 바로 지금이라는 생각이 들었다. 그날로 두 분이 거주할 집을 알아보고 함께 일하던 이모들에게 양해를 구한 뒤 내가 사는 곳 근처로 부모님을 모셨다. 두 분의 주거는 물론 생활비도 책임질 테니 걱정 말라고도 했다. 내가 바라는 건 오직, 두 분이 신체적으로나 정서적으로 온전히 회복되는 것이었다. 이사를 마친 후 며칠 동안 엄마는 잠을 이루지 못했다고 하셨다. 집에서 그림을 그리고 퀼팅을 하면서 평소 그렇게 하고 싶었던 것들을 하고 지내도 되는지, 이게 꿈인지 생시인지 분간이 안 된다고도 하셨다. 아빠 역시 그간 먹고사느라 바빠 차마 돌아보지 못했던 일상의 소소한 시간을 보내며 기뻐하셨다.

† 네 아버지와 어머니를 공경하라 이것은 약속이 있는 첫 계명이니 이로써 네가 잘되고 땅에서 장수하리라 (에베소서 6:2~3)

두 분을 모시고 온 지 6개월쯤 지났을 때 부모님이 건강검진을 받으셨다. 그런데 아빠의 건강검진 결과가 좋지 않았다. 대장과 전립선에 이상 소견이 있으니 큰 병원에서 검사해 보라는 진단이었다. 대학병원에서 검사한 결과, 전립선 7곳에서 암세포가 발견됐다. 두려움보다는 억울한 마음이 먼저 들었다. 성실하게 살아온 아빠의 지난 세월의 결과가 암이라니! 아빠 엄마에겐 괜찮다고 걱정할 것 없다고 뻥뻥 큰소리를 쳤지만, 뒤돌아 앉으면 눈물이 주르륵 흘렀다. 암을 확진받고 치료에 들어가기까지도 수많은 검사와 치료 방법에 대한 결정들이 남아 있었다. 수술하고 싶다고 바로 할 수 있는 것도 아니었다. 암이 전이된 곳은 없는지 검사하고, 수술과 방사선 치료 중 어떤 것이 좋을지도 정해야 했다. 하지만 이 모든 과정에서 하나님은 내 안의 억울함을 감사함으로, 불안함을 평안함으로 바꾸셨다.

전이가 되지 않게 하심에 감사합니다.
치료할 수 있게 하심에 감사합니다.
아빠 엄마가 제 옆에 가까이 계실 때 이런 일이 생기게 하심에 감사합니다.

부모님을 곁으로 모시게 된 건 엄마 때문이었지만, 이런 일이 생길 것을 미리 아신 하나님께서 우리에게 딱 맞는 환경을 예비해 주셨다는 것도 깨달았다. 코로나로 인해 병원 출입에 대한 규제가 심했기에 지정 보호자 1명 외엔 아빠를 간병하는 것이 불가능했고, 매번 PCR 검사를 해야 했기에 보호자가 병원에 상시로 대기하고 있어야 했다. 만약 엄마가 계속 식당에서 일하고 계셨다면 아빠를 간호하기가 쉽지 않았을 터였다.

　무엇보다 아빠의 치료비와 병원비에 대한 부담에서 해방될 수 있게 상황을 이끌어주신 것도 하나님의 은혜였다. 다행히 아빠의 암 수술은 성공적으로 마무리되었고, 현재 두 번의 추적검사 결과 문제없이 건강을 회복하고 계시다. 게다가 얼마 전부터는 다시 일을 시작하셨다.

　쓰고도 남을 만큼의 큰돈을 번 후, 내가 가장 먼저 한 것은 나를 키워주신 분들에게 은혜를 갚은 것이었다. 부모님이 신용불량자가 되고 대학 등록금이 없어 걱정하고 있을 때 나의 대학 등록금을 내주신 삼촌, 부모님이 맞벌이해야 할 때 어린 나를 돌봐주신 셋째 이모, 대학 시절 뭐라도 해보라며 보험대출까지 받아 내게 200만 원을 쥐여주셨던 둘째 이모 그리고 언제나 쌈짓돈을 꺼내 나만큼은 꼬박 챙겨주셨던 외할머니까지! 그 감사한 마음의 빚을 제일 먼저 갚았다.

　부모님이 내 삶에 부담이 되지 않는 선까지 내 수준을 끌어올리리라 다짐했던 나는, 지금 또 다른 목표를 품게 되었다. 나는 우리 집안에 이어져 온 가난의 고리를 끊길 원한다.

내가 바로 그 축복의 통로가 되길 원한다. 나 혼자만, 내 부모까지만이 아니라, 친인척들을 모두 도울 수 있는 길이 나를 통해 펼쳐지길 기도하면서.

† 기록된 바 그가 흩어 가난한 자들에게 주었으니 그의 의가 영원토록 있느니라 함과 같으니라 심는 자에게 씨와 먹을 양식을 주시는 이가 너희 심을 것을 주사 풍성하게 하시고 너희 의의 열매를 더하게 하시리니 너희가 모든 일에 넉넉하여 너그럽게 연보를 함은 그들이 우리로 말미암아 하나님께 감사하게 하는 것이라 (고린도후서 9:9~11)

당신의 믿음을
증거하라

삶이 힘들 때마다 나는 다음과 같은 희망을 품으며 스스로 위로했다.

'이 모든 과정은 주님을 높이는 나의 간증이 될 거야. 지금의 이 고난도 하나님의 원대한 계획 안에 있다는 것을 기억하자.'

언젠가 내 고난의 시간들이 하나님의 영광을 드러내는

도구가 될 것이라는 걸 나는 굳게 믿었다. 그리고 지난해 드디어 내 인생 첫 간증을 하게 되었다. 그것도 하나님께서 내게 '롤모델'로 보여주신 현승원 의장의 옆자리에 앉아서 말이다. 2022년 8월, 나는 현 의장이 운영하는 유튜브 〈현승원 TV〉에 출연했다. 사실 간증을 하기까지 내 안에는 두 마음이 있었다. 하나는 크리스천으로서의 내 신실함을 자랑하고 싶은 마음, 또 다른 하나는 현 의장을 만날 수 있다는 기대감이었다. 의도가 정말 불순했다. 그런데도 하나님은 나의 이런 마음까지도 도구로 사용하셨다.

유튜브 영상이 송출된 후 하나님의 놀라운 역사를 경험했다. 신앙이 전혀 없었는데도 해당 영상을 10번이나 돌려본 뒤 교회를 다니기 시작했다는 사람이 생겼다. 개인 인스타그램에도 사람들이 보낸 메시지가 쌓였다.

"신앙이 있지만 방황하고 있었는데 다시 한번 성경책을 펴게 됐어요. 방황은 아직 끝나지 않았지만 천천히 그 길을 따라가 보려고 합니다."

"염 대표님 영상 보고 교회에 가고 싶어졌어요. 하나님이 많은 말씀을 하시네요. 저는 돌아온 탕자라서 조심조심 한 걸음씩 걸어가려고요. 십수 년 만에 어제 QT 책도 사고 버렸던 성경도 다시 샀어요."

할렐루야! 다시 한번 나의 고난이 하나님의 계획 속에 있었음을 확인한 시간이었다. 우리는 지금 너무나 좋은 시대에 살고 있다. 내 집 안방에서 땅끝까지 복음을 전하는 것이 가능한 시대 말이다. 동시에 핍박의 시대에 살고 있기도 하다. 크리스천이라는 이유만으로 혐오의 대상이 되거나 욕을 먹는 시대이기도 하니 말이다. 그래서인지 사회적으로 영향력이 있는 사람일수록 오히려 자신이 크리스천임을 드러내지 않는 분위기다. 나 역시 하나님을 믿는다는 걸 숨기지는 않았지만 그렇다고 굳이 드러내지도 않는 시간을 꽤 오래 보냈다. 솔직히 내가 크리스천임을 노출하는 순간 넌크리스천들이 나를 떠날 것이라는 두려움이 있었다. 그런데 내가 하나님과의 관계를 회복하고 청지기로서의 삶을 살겠다고 다짐하면서 하나님을 드러내는 시간이 쌓여가자, 내 삶에 놀라운 일들이 생겨났다.

TV를 보다가 어떤 연예인이 수상 소감으로 "이 모든 영광을 하나님께 돌립니다"라고 하면 어떤가? 크리스천이라면 그동안 관심 없었던 연예인이라 해도 그에게 한 번 더 시선이 가거나 동질감이 생길 것이다. 나에게도 SNS에서 팔로잉하며 종종 일상을 살펴보던 사람이 있었는데, 어느 날 그의 사진 속에 성경책을 발견하고 내적 친밀감이 확 커진 적이 있었다.

왜 우리는 같은 크리스천이라는 이유만으로 이런 마음이 드는 것일까? 바로 우리가 하나님 나라의 자녀로 묶여 있기 때문이다. 단순히 종교가 같기 때문이 아니라, 결국 천국에서 만나 함께할 형제자매라는 걸 알고 있는 것이다. 우리가 세상에 믿음을 증거하는 것은 그저 하나님 나라만을 위한 일이 아니다. 이는 나에게도 유익하다. 나의 증거는 넌크리스천들에게 하나님을 전하는 씨앗이 되는 것은 물론, 믿는 사람을 내 편으로 만드는, 천국 형제자매들을 이 땅으로 끌고 오는 엄청난 계기가 되기도 한다. 믿는 사람들이 내 편이 된다는 것은 나를 위해 함께 기도해 줄 동역자들이 생기는 대단한 사건이다.

그러니 하나님을 증거하는 것은 하나님에게도, 믿지 않는 사람들에게도, 믿는 사람들에게도 그리고 나에게도 유익한 일이라는 걸 기억하자.

기쁨, 기도, 감사를
기억하라

"하나님, 제가 무엇부터 할까요? 지금 당장 해야 할 것을 알려주세요."

기도 시간을 회복하고부터 내 삶의 모든 여정을 하나님께 묻기로 다짐했다. 그동안 내 생각과 내 뜻에 따라 내 마음대로 살아왔던 시간을 회개하며, 조금 더 하나님과 밀착된 성숙한 크리스천이 되고 싶었다.

'주님 말씀하시면 내가 나아가리다. 주님 뜻이 아니면 내가 멈춰서리다. 나의 가고 서는 것 주님 뜻에 있으니 오 주님 나를 이끄소서'라는 찬양의 가사처럼 내 삶의 일거수일투족을 하나님께 말씀드리고 그분의 음성을 따라 살기를 원했다. 그런데 하나님의 대답은 간단했다.

† 항상 기뻐하라 쉬지 말고 기도하라 범사에 감사하라 이것이 그리스도 예수 안에서 너희를 향하신 하나님의 뜻이니라 (데살로니가전서 5:16~18)

하나님은 불평불만 많은 내 삶에 기쁨이 넘치길, 무엇이든 내 뜻대로 먼저 하려고 하는 내가 기도로 하나님과 동행하길, 주어진 것을 당연하다 여기던 내가 범사에 감사하기를 원하셨다. 하나님은 우리가 복잡하게 살기를 원치 않으신다. 그분의 방식은 항상 단순하다. 상황을 복잡하게 만드는 건 언제나 우리다. 하나님께서 우리에게 원하시는 것 또한 겨자씨만 한 믿음이었다. 그런데 그 겨자씨만 한 믿음만 있어도 이 산을 들어 저리로 옮길 수 있다고 말씀하셨다. 우리를 향한 하나님의 계획은 원대하더라도 그가 우리의 대단함을 원하시는 건 아니라는 사실을 우리는 항상 잊고 산다.

넌크리스천과 크리스천의 가장 큰 차이는 무엇일까? 하나님을 믿지 않는 사람들도 가난한 사람들을 구제한다. 그들도 착하게 살려고 노력하고 악인을 보면 분개한다. 넌크리스천들도 자신의 것을 기꺼이 다른 사람들과 나눈다. 그들에게도 측은지심이 있고, 다른 사람과의 분쟁을 싫어하며, 기도의 대상은 다를지언정 누군가를 위해 기도한다. 하지만 그들이 우리와 다른 게 있다면, 그들 삶의 중심이 언제나 그들 자신이라는 점이다.

신의 존재를 부정하면서 '나' 중심으로 사는 사람들도 이 세상의 것들을 누리며 잘 살아간다. 하나님을 믿지 않는데도 잘사는 사람들을 보며 억울한 마음이 들던 시기가 있었다. 사실 원래 그렇다. 배가 잔잔할 때는 내 힘으로 뭐든 할 수 있다고 생각하는 법이다. 문제는 인생에 파도가 칠 때 드러난다. 인간의 힘으로 컨트롤할 수 없는 상황이 닥치면 무엇이든 해낼 수 있으리라 여겼던 '나' 자신이 더는 믿을 수 없는 존재가 되어버린다.

반면 크리스천들은 어떤가? 다르다. 우리는 하나님으로

부터 공급받는 절대적 평안을 누릴 수 있다. 내 삶의 주인이 하나님이라는 진리를 알고 있기 때문이다. 이러한 이유로 우리는 내가 나로서 더 명징해지는 것이 아니라, 나는 작아지고 예수님을 닮아가길 소망한다. 이 세상을 살아가며 예수님을 닮는 방법은 그분처럼 십자가를 지고, 십자가에 못 박히는 대단한 고난과 희생으로만 이뤄지는 게 아니다. 항상 기뻐하고, 쉬지 말고 기도하고, 범사에 감사하는 것. 이것만으로도 충분하다고 하나님은 말씀하신다.

하나님과 관계가 멀어지면 이처럼 간단해 보이는 세 가지 중 어느 하나도 지키기 어려워진다. 습관적으로 훈련하지 않으면 어느새 불평불만만 늘어놓다가 내 생각이 하나님보다 커지는 날이 불쑥 찾아오기도 한다. 매일 아침 혹은 잠들기 전, 다음처럼 하루 10분을 투자해 기쁨과 기도, 감사할 내용을 하루 1개씩만 작성해 보자.

1. 제가 좋아하는 것들을 가족들과 공유할 수 있어서 기쁩니다. (기쁨)
2. 하나님을 아는 일에 힘쓰는 자녀가 될 수 있게 해주

세요. (기도)

3. 루이가 정말 먹고 싶어한 아이스크림이 없었지만 크게 속상해하지 않고 바로 웃음을 되찾을 수 있게 해주셔서 감사해요. (감사)

혹시 더 떠오르는 내용이 있다면 자유롭게 기술해도 된다. 별도의 시간을 내는 것이 부담스럽다면 이것만으로도 충분하다. 하루하루의 기록이 쌓이다 보면 어느새 하나님 앞에 무릎 꿇는 자신의 모습을 발견할 수 있을 것이다. 그리고 일상의 기쁨과 감사가 내 삶을 가득 채우고 있다는 것을, 하나님의 은혜가 이미 내 삶에 풍족하다는 사실을 느끼게 될 것이다. 또한 내가 올린 기도의 내용을 기록해 두면, 하나님께서 내 삶의 얼마나 절묘한 타이밍에 그분의 방식대로 응답하셨는지를 확인할 수 있다. 전율이 넘치는 하나님의 로드맵을 훔쳐보는 영광까지 누릴 수 있다는 말이다.

정직하게 행하라

어느 날, 대형마트에 갔다. 장을 본 뒤 푸드 코트에서 피자 한 조각과 커피를 주문하면서 5만 원짜리 한 장을 점원에게 건넸다. 푸드 코트는 사람으로 길게 늘어진 줄과 밀려드는 주문으로 몹시 분주해 보였다. 그때 내 주문을 받은 점원이 만 원짜리를 천 원짜리와 착각해 내게 거스름 돈을 주었다. 돈을 건네받는 순간부터 이미 내가 낸 5만 원보다 많은 금액임을 알아챘다. 그러나 그 점원은 내게 돈을 건네고는 곧바로 메뉴를 준비하기 위해 자리를 비웠다. 아무렇지 않게 받은 돈을 주머니에 쓱, 집어넣고 주문한 음식을 받아 테이블에 앉았다.

주변을 살피며 조심스럽게 잔돈을 꺼내 보니 아니나 다를까, 만 원짜리가 이미 6장이었다. 순간 고민되었다. 이 돈을 그냥 가져간다고 해도 저 점원이 손해 보는 건 아니지 않을까? 내가 오늘 장 본 돈만 해도 얼만데, 내가 이깟 만 몇천 원 더 가져간다고 마트가 망하는 것도 아니고! 그 짧은 찰나에도 내적 갈등이 심했다. 하지만 나는 다시 영수증을 들고 해당 점원에게 찾아가 차액을 돌려줬다. 양심 있는 고객의 태도에 이 점원은 얼마나 고마워할까? 내심 기대했지만 예상과 달리 그는 대단히 무미건조하고 기계 같은 리액션으로, "아, 감사합니다" 딱 이 한마디만 내뱉었다. 다시 테이블로 돌아오는데 기분이 별로였다. '이럴 줄 알았으면 그냥 가져갈걸' 하는 생각까지 들었다.

중학생 시절, 학교 앞에 분식집이 하나 있었다. 하교 시간이면 밀려드는 학생들로 분식집 앞이 항상 북적거렸다. 커다란 떡볶이 조리 철판 옆에 비치된 '돈 통'에 각자 주문한 대로 음식값을 넣고 양심껏 떡볶이를 먹으면 되는 곳이었다. 분식집 내부에도 작은 테이블이 몇 개 있어서 사장님은 항상 안팎으로 학생들을 상대하느라 바빴고, 그럴 때면 내가 낸 돈보다 떡볶이 떡 몇 개쯤 더 찍어 먹는 건 일도 아니었다. 떡볶이를 먹은 뒤엔 자연스럽게 동네 빵집으로 가곤 했다. 그곳엔 탁구공 크기의 슈크림 빵이 항상 가득 쌓여 있었는데, 사장님이 잠시 자리를 비우시면 친구들과 나는 한입 크기의 슈크림 빵을 입에 쏙 넣고 도망 나오기도 했다.

† 내가 이르노니 너희는 성령을 따라 행하라 그리하면 육체의 욕심을 이루지 아니하리라 육체의 소욕은 성령을 거스르고 성령은 육체를 거스르나니 이 둘이 서로 대적함으로 너희가 원하는 것을 하지 못하게 하려 함이니라 (갈라디아서 5:16~17)

성령을 따라 살지 않으면 우리는 부정직해질 수밖에 없다. 육체의 욕심은 인간의 본능이다. 특히나 나를 지켜보는 사람이 없다면, 그깟 떡볶이 몇 개와 슈크림 빵 몇 개를 꿀꺽하는 건 별거 아니라고 생각할 수 있다.

개인 유튜브 채널이 인기를 얻으면서 지나다닐 때 나를 알아보는 사람이 생겨났다. 아이와 함께 키즈카페에 가거나 대형 쇼핑몰에서 쇼핑할 때, 심지어 제주도 여행 중에도 나를 알아보는 분들이 있었다. 어느 날엔가는 백화점에 갔다가 루이를 크게 혼낸 적이 있는데, 집에 돌아와 메신저를 열어보니 "오늘 ○○에서 대표님을 봤는데, 아는 척 못 했어요~ 다음엔 꼭 인사할게요"라는 메시지가 있었다. 순간 온갖 생각이 떠올랐다. '언제, 어디서 나를 봤을까? 내가 루이에게 화를 내고 혼내던 순간에 날 본 건 아닐까?' 그날 이후 어디서 무엇을 하든 사람들이 날 지켜보고 있다는 생각으로 다니게 되었다. 사람들의 시선을 의식하게 되니 일거수일투족 모든 행동이 조심스러웠다.

하물며, 하나님은 어떤가? 전지전능하신 하나님은 우리의 행동뿐만 아니라 우리의 생각과 의도까지 모든 것을 알고 계신다. 그리고 그는 우리가 성령을 따라 정직하기를 바라신다.

† 너희는 도둑질하지 말며 속이지 말며 서로 거짓말하지 말

며 너희는 내 이름으로 거짓 맹세함으로 네 하나님의 이름을 욕되게 하지 말라 나는 여호와이니라 (레위기 19:11~12)

사업할 때는 '정직'이 장애물이 될 때가 더러 있다. 오히려 정직해서 손해를 보기도 했다. 부정직한 방법으로 돈을 버는 이들을 보면서 나만 바보가 된 것 같은 기분이 들 때도 많았다. '정부 지원 사업'이라는 명목하에 진행되는 눈먼 돈을 받고자 서류를 조작하고 서로 입을 맞추는가 하면, 심지어 내게 연락해서 얼마를 줄 테니 이름만 올려 달라고 부탁하는 경우도 있었다. 그깟 양심 한 번 팔면 내 삶에 펼쳐질 유리한 기회들이 얼마나 많았던가. '이 정도는 괜찮지 않을까?' 저울질하며 당장의 유익을 위해 고민한 시간이 적지 않았다.

† 오직 너희를 부르신 거룩한 이처럼 너희도 모든 행실에 거룩한 자가 되라 기록되었으되 내가 거룩하니 너희도 거룩할지어다 하셨느니라 (베드로전서 1:15~16)

하나님은 우리가 그분의 거룩한 성품을 닮길 원하신다. 엄마인 나도 가끔 루이가 기특한 행동을 하면 나도 모르게 "아구아구~ 우리 딸 누구 닮았을까?" 하고 묻는다. 그럼 루이는 "엄마!"라고 대답하는데, 그 한마디에 내 입꼬리가 귀까지 걸리곤 한다. 완전하신 하나님, 진실하신 하나님은 우리가 온전히 그분을 닮길 원하신다. 그것이 하나님의 속성이기 때문이다.

"네가 하는 행동을 보니 너희 부모님이 널 어떻게 키웠는지 알겠구나."

이 같은 문장이 부정적인 의미로 쓰였든 긍정적인 의미로 쓰였든 관계없이, 이처럼 우리는 자녀의 행동을 통해 그 부모를 유추하곤 한다. 모전여전, 부전자전이라는 말도 있지 않은가. 하나님은 우리의 모습 안에 투영된 참 하나님을 세상 사람들이 알길 원하신다. 우리가 거룩한 하나님의 성품을 닮아야 하는 이유다.

그런데 왜 우리는 종종 정직하지 못할까? 가장 큰 이유는 하나님이 우리를 책임져 주실 거라는 확신이 부족하기 때문일 것이다. 하나님의 방법보다 세상의 방법이 더 효과적일 거라 생각하면서, 하나님의 능력을 제한하기 때문이다. 마치 하나님이 계시지 않는 것처럼 행동하면서 사실은 하나님을 부정하고 있는 건 아닐까?

† 오직 공의롭게 행하는 자, 정직히 말하는 자, 토색한 재물을 가증히 여기는 자, 손을 흔들어 뇌물을 받지 아니하는 자, 귀를 막아 피 흘리려는 꾀를 듣지 아니하는 자, 눈을 감아 악을 보지 아니하는 자, 그는 높은 곳에 거하리니 견고한 바위가 그의 요새가 되며 그의 양식은 공급되고 그의 물은 끊어지지 아니하리라 (이사야 33:15~16)

정직함의 최대 단점은 느리다는 것이다. 나 자신을 키우고 사업을 키워가면서 '속도'에 매몰되었던 적이 한두 번이 아니다. 나는 항상 느렸다. 나보다 앞서가는 수많은 사람을 뒤에서 지켜보는 일이 힘들었다. 하지만 이제는 느리게 가는 것이 축복이라는 걸 아는 단계가 되었다. 하나님이 우리를 평가하시는 방식은 언제나 '정성적'이다. 얼마나 빨리, 얼마나 멀리, 얼마나 많이를 판단하는 '정량적' 기준은 세상의 방식이다. 부정직한 행동은 내가 걸어갈 길에 언제 터질지 모르는 지뢰를 심는 일과 같다. 그게 언제이든 그 지뢰를 밟게 되는 건 결국 나라는 사실을 기억해야 한다. 정직하게 행동하는 것이 지금은 손해 보는 일처럼 보일지라도 더욱 든든한 길을 예비하실 하나님을 믿어야 한다. 또 하나, 더욱 놀라운 건 하나님이 일하시기 시작할 때 일이 이루어지는 속도는 세상의 것과는 비교도 안 된다는 사실이다. 우리를 위해 아끼지 않으실 하나님의 '좋은 것'을 기대하자.

† 여호와 하나님은 해요 방패이시라 여호와께서 은혜와 영화를 주시며 정직하게 행하는 자에게 좋은 것을 아끼지 아니하실 것임이니이다 (시편 84:11)

Chapter 5

하나님 나라의 재정 원칙

빚부터 청산하라

우리 집이 망하고 부모님이 신용불량자가 된 이유는 분명했다. 또 다른 빚을 내서 당장의 빚을 해결하려 했기 때문이었다. 밤마다 걸려 오는 카드회사의 빚 독촉 전화와 낯선 아저씨들의 협박은 고등학생이던 내게 불안 그 자체였다. 그때 결심했다. 나는 절대 빚을 내어 살지 않겠노라고.

다행히 이런 경제 관념은 남편과도 잘 맞았다. 남편은 불필요한 소비를 절제하고 쓰는 것보다 모으는 것에 더 큰 즐거움을 느끼는 사람이다. 그리고 나는 경제 활동을 시작한 후로 불과 2년 전까지, 체크카드 외 신용카드를 일절 사용하지 않았다. 다만 2년 전부터 각 카드사에서 제공하는 혜택과 포인트 활용을 위해 신용카드를 만들었는데, 카드를 사용했을 때는 즉시결제 서비스를 통해 결제일까지 기다리지 않고 바로 결제하고 있다.

이제껏 나는 할부로 무언가를 사본 적이 없다. 할부로 돈을 나눠 내면서까지 사야 하는 물건이라면 내 것이 아니라고 여겼다. 가지고 싶은 고가의 제품이 있다면 그 돈을 모아서 한 번에 결제하고 구입했다. 없으면 없는 대로 그에 맞춰 살며 분수에 맞게 소비하는 것, 이것이 나의 소비 원칙이다.

† 피차 사랑의 빚 외에는 아무에게든지 아무 빚도 지지 말라 (로마서 13:8상)

† 부자는 가난한 자를 주관하고 빚진 자는 채주의 종이 되느니라 (잠언 22:7)

하나님께서는 우리에게 빚으로부터 자유로워지라고 말씀하신다. 청지기 훈련의 첫 번째 단계도 먼저 비상금을 저축하고 지금 있는 빚을 상환하는 것이다. 빚은 물질의 은사를 받아야 할 내 그릇이 이미 채워져 있는 것과 같다. 그러니 가능한 한 빨리 그 그릇을 비워야 한다.

본격적으로 엄마의 식당을 돕기 시작했을 때 내가 가장 먼저 처리한 일도 식당의 자금 사용 방식을 바꾼 것이었다. 엄마와 이모는 그때까지 식재료 사입 비용을 신용카드로 결제하고 있었다. 엄연히 빚이었다. 나는 식당의 불필요한 소비를 차단한 뒤 하루 매출의 일부를 떼어 사입비를 충당하고 이미 쌓여 있던 카드 사용 내역과 할부금을 모두 상환하기 위해 매출의 일정 부분을 저축하기 시작했다. 이처럼 신용카드 사용을 중단하고 현금으로 식재료를 사입하게 되기까지 딱 6개월이 걸렸다.

하나님의 기업은 그분의 방식대로 세워질 때 하나님께서 일하신다. 우리 직원들은 누구보다 내 눈치를 많이 본다. 어떻게 하면 대표가 원하는 방식으로 회사에 기여할 수 있을까를 고민한다. 하나님 기업의 대표인 나는 하나님의 눈치를 본다. 어떻게 해야 하나님이 원하시는 방식으로 기여할 수 있을까 고민하면, 답이 간단해진다. 빚으로부터 자유로워지는 순간 삶이 가벼워진다. 빚을 청산하는 것이 하나님의 청지기가 되는 첫걸음이다.

선교사역에
동참하라

　　　　　하나님의 선한 청지기로 물질의 은
사를 받은 사람들에게는 어떤 공통점이 있을까? 우리가 그
들이 행한 대로 따른다면 하나님은 공평하시니 동일한 은사
를 주시지 않을까? 그래서 나는 이를 연구하기 시작했고, 그
들에게 분명한 한 가지 공통점을 발견할 수 있었다. 그들 모
두 선교사역에 물질을 아끼지 않았다는 것이었다. 형편이
좋지 않을 때도, 드릴 수 있는 돈이 단돈 만 원밖에 없을 때
도 그들은 선교사들을 향한 후원을 지속했다.

† 예수께서 나아와 말씀하여 이르시되 하늘과 땅의 모든 권세를 내게 주셨으니 그러므로 너희는 가서 모든 민족을 제자로 삼아 아버지와 아들과 성령의 이름으로 세례를 베풀고 내가 너희에게 분부한 모든 것을 가르쳐 지키게 하라 볼지어다 내가 세상 끝날까지 너희와 항상 함께 있으리라 하시니라 (마태복음 28:18~19)

부활하신 후 예수님이 내리신 지상명령 중 첫 번째는 모든 민족을 제자로 삼으라는 것이었다. 유대인의 하나님이 모든 민족의 하나님이 되시길 선포하신 것이다. 나는 부유한 목회자들을 많이 보았다. 반면 부유한 선교사님은 아직까지 본 적이 없다. 물론 목회자들이 반드시 청빈한 삶을 살아야 한다고 생각하진 않는다. 다만 목회자들의 주 사역이 양육이라면, 선교사들의 주 사역은 전도다. 크리스천을 대상으로 하는 사역과 넌크리스천을 대상으로 하는 사역에는 차이가 있을 수밖에 없다. 구구절절 설명하지 않아도 선교사님들의 수고로움과 사역의 난도를 짐작할 수 있을 것이다. 절대 쉽게 선택할 수 없는 사역인 것만은 분명하다.

하나님이 보시기엔 어떨까? 부모가 된 후 나와 자녀의 관계를 하나님과 나의 관계에 대입해 보니 이해가 훨씬 쉬워졌다. 자녀는 모두 소중하지만, 품 안의 자녀와 국경 최전방에서 나라를 지키고 있는 자녀, 이 둘에 대한 안타까움과 애틋함은 분명 다를 것이다. 그런데 그런 위험하고 열악한 환경 속에 있는 자녀에게 누군가가 나를 대신해 주말마다 찾아가 짜장면이나 치킨을 사주고 용돈도 쥐여 준다면 어떻겠는가? 그에 대한 고마움은 말로 다 할 수 없을 것이다. 나를 대신해 부모 역할을 해주고 있는 그에게 필요한 것이 있다면, 무엇이든 해주고 싶지 않을까? 이처럼 진정한 청지기는 하나님의 지상명령을 돕는 자이다.

† 　네 마음을 다하고 목숨을 다하고 뜻을 다하고 힘을 다하여 주 너의 하나님을 사랑하라 하신 것이요 (마가복음 12:30)

하나님은 우리의 마음과 뜻이 어디에 있는지를 중요하게 생각하신다. 그렇기에 내가 지금 드릴 수 있는 것이 얼마 되지 않아서 할 수 없다는 말은 핑계에 불과하다. 하나님은 과부의 두 렙돈을 더욱 귀하게 받으신 분이 아니시던가. 1만 원을 드리는 데도 인색한 자에게 하나님은 그 이상의 물질을 허락하지 않으신다.

만약 후원할 선교사님들을 어떻게 찾아야 할지 모르겠다면 '지미션', '기아대책' 같은 선교 후원 단체를 통해 정기 후원에 동참할 수 있다. 1천 원부터 후원이 가능하다. 그러니 금액에 대한 부담감은 내려놓고 하나님 나라 확장을 위해 내 마음을 먼저 심어보자.

십일조로 하나님의
약속을 기대하라

플리크를 하나님의 기업으로 세워
달라고 기도하면서, 나는 어떻게 하면 이 기업을 하나님께
드릴 수 있을지 고민했다. 방법은 간단했다. 바로 기업의 수
익에 대한 온전한 십일조를 하는 것이었다. 진정한 십일조
는 내가 얻은 것의 10분의 1을 하나님께 드리며, 나머지
10분의 9도 하나님께서 주신 것임을 인정하는 것이다.

사실 헌금에 관한 말씀은 언제나 불편하다. 특히 지독히
도 가난하던 시절, 십일조의 중요성을 알고 있으면서도 이

를 선뜻 기쁜 마음으로 내지 못하던 나였기에 "그럼에도 불구하고 십일조를 하세요"라고 하셨던 목사님의 설교가 내 마음의 짐이 되었다. 그런데 20대 때 들은 담임 목사님의 설교는 나에게 큰 위로를 준 것은 물론, 도전이 되었다. 목사님은 다음처럼 말씀하셨다.

"하나님은 우리가 십일조를 하지 못한다고 책망하지 않으십니다. 십일조를 못 해도 괜찮습니다. 십일조를 안 한다고 여러분에게 복을 주시지 않는 하나님도 아닙니다. 하지만 언제든 십일조를 할 수 있게 된다면 하나님이 내려주실 플러스의 축복을 꼭 누려보길 바랍니다."

목사님의 설교를 들으면서 나는 언젠가 섬기는 교회에 가장 많은 십일조를 내는 사람이 되게 해달라고 기도했다. 지금도 여전히 이를 꿈꾸고 있다. 나의 이런 기도가 누군가에게는 불편하게 들릴지도 모른다. 하지만 적어도 하나님 앞에서만큼은 '성숙한 척'하지 않기로 했다.

주변에 생활고로 힘들어하는 친구가 있었다. 매월 단돈

10만 원이라도 들어오면 좋겠다고 했다는 그의 이야기를 지인에게서 전해 듣고, 나는 모른 척하며 그 친구에게 연락해 혹시 필요한 게 있는지 요즘 생활은 어떤지 슬쩍 물었다. 대놓고 내가 도와주겠다고 하면 그의 자존심이 상할 수도 있을 것 같아서였다. 그런데 친구는 끝내 괜찮은 척하며 내게 아무 말도 하지 않았다. 그때 느꼈다. 아! 하나님께서는 우리의 모든 걸 알고 계시지만, 내가 그것을 하나님께 직접 구하지 않으면 도와주실 수 없겠구나!

그동안 나는 어떻게 해왔는지 돌아보았다. "하나님 제 상황, 제 마음 다 아시죠?" 혹은 "내 뜻이 아닌 하나님 뜻대로 이루어 주세요"라고 말하면서 본심은 뒤로 숨기고 성숙한 척 기도해 온 나였다. 그래서 이제는 이렇게 기도하지 않는다. 그냥 내 필요를 낱낱이 구한다. 나의 마음이 어떤 상태인지도 하나님께 모두 고백한다.

"하나님, 겸손한 자가 되게 해주세요"가 아니라, "하나님, 제게 교만한 마음이 생기려고 해요. 저를 이러한 기질로 만드신 것도 하나님이시니 마음을 잘 다스릴 수 있게 해주세요"라고 솔직하게 기도한다. 그러니 "우리 교회에서 십일조를 제일 많이 내는 사람이 되게 해주세요!"야말로 하나님 앞에 털어놓는 나의 가장 솔직한 마음인 것이다.

어차피 그 뜻을 이뤄가실 이도, 그 마음을 바꾸실 이도 하나님이시다. 그러니 조금 더 솔직해도 괜찮다. 나의 소유를 온전히 하나님께 맡길 때 하나님이 내 삶과 내 기업의 주인이 되어주신다는 사실을 기대하자. 내 모든 것의 소유권이 하나님께 있다는 걸 인정하면 십일조는 부담이 아닌 기대가 된다. 10개 중 9개도 애초에 내 것이 아니었다. 내가 하나님께 10의 1을 드린 게 아니라 하나님께서 나에게 10의 9를 주신 것이다. 어찌 감사하지 않겠는가!

† 만군의 여호와가 이르노라 너희의 온전한 십일조를 창고에 들여 나의 집에 양식이 있게 하고 그것으로 나를 시험하여 내가 하늘 문을 열고 너희에게 복을 쌓을 곳이 없도록 붓지 아니하나 보라 (말라기 3:10)

'돈 세다 잠드소서', '들숨에 건강, 날숨에 평안'이라는 말을 들어보았는가? 요즘 젊은 친구들이 누군가를 축복할 때

내가 하나님께 삶의 일을
 드라는게 아니라ー
하나님께서 내게
삶의 구를 주신 것이다ー

하는 말이라고 한다. 듣기만 해도 기분이 좋아진다. 그런데 하나님께서 말씀하셨다. 십일조를 하면 하늘의 문까지 열어 복을 쌓을 곳이 없도록 부어 주시겠다고 말이다. 십일조는 우리가 하나님을 시험할 수 있는 유일한 방법이다. 상상해 보라. 천지를 창조하신 하나님께서 내게 부어 주실, 헤아릴 수 없는 복들을. 내가 믿는 하나님이 약속의 하나님이라는 사실이 이보다 더 반가울 수 없는 성경 구절이다.

† 만군의 여호와가 이르노라 내가 너희를 위하여 메뚜기를 금하여 너희 토지 소산을 먹어 없애지 못하게 하며 너희 밭의 포도나무 열매가 기한 전에 떨어지지 않게 하리니

(말라기 3:11)

메뚜기가 내 소산을 먹어 없앤다고? 돈을 벌기 전까지는 이 말씀이 정확히 무슨 의미인지 몰랐다. 요즘 시대엔 도둑이 무언가를 훔쳐가는 것도 쉽지 않다. 그렇다면 보이스피싱 같은 사건에 휘말린다는 말인가? 누군가로부터 사기를 당해 내가 가진 것을 잃게 된다는 뜻인가? 나는 고작 이 정

도의 수준으로만 생각했다.

그런데 시간이 지날수록 돈은 버는 것보다 지키는 것이 훨씬 어렵다는 걸 알게 된다. 내가 아무리 아끼고 아껴도, 정신 똑바로 차리고 밤낮으로 지켜도, 내가 통제할 수 없는 사건들이 생기게 마련이다. 가족들에게 돈으로 해결해야 하는 불가피한 일이 생기기도 하고, 건강상의 문제 혹은 누군가의 부주의로 내 재산이 손해를 입는 사건들이 발생할 수도 있다. 내가 아무리 아득바득 모으고 지키려고 애를 써도 예기치 못한 곳에 돈이 나가는 상황이 생기는데, 그것이 바로 메뚜기들이 소산을 먹어 없애는 일이다. 그런데 하나님께서는 십일조를 통해 이런 모든 상황으로부터 우리를 지켜주시겠다고 말씀하신다. 하늘의 복을 부어 주시고 그것을 지켜주기까지 하시는 하나님. 그의 은혜가 필요하다면 방법은 너무나도 간단하다. 온전한 십일조, 그거면 된다.

일은 소명임을
기억하라

† 아담에게 이르시되 네가 네 아내의 말을 듣고 내가 네게
  먹지 말라 한 나무의 열매를 먹었은즉 땅은 너로 말미암
  아 저주를 받고 너는 네 평생에 수고하여야 그 소산을 먹
  으리라 땅이 네게 가시덤불과 엉겅퀴를 낼 것이라 네가
  먹을 것은 밭의 채소인즉 네가 흙으로 돌아갈 때까지 얼
  굴에 땀을 흘려야 먹을 것을 먹으리니 네가 그것에서 취
  함을 입었음이라 너는 흙이니 흙으로 돌아갈 것이니라 하
  시니라 (창세기 3:17~19)

아담과 하와는 하나님이 금하셨던 선악과를 따먹었다. 그리고 그 불순종의 대가를 받게 되었다. 다만 이 말씀 때문에 우리가 크게 오해하게 된 것이 있다. 바로, 노동을 하나님이 주신 죄의 대가라고 생각하는 것이다.

에덴 동산을 떠올려보자. 어떤 모습이 상상되는가? 나의 상상을 시각화하면 영화 〈아바타〉의 경이롭고 신비로운 대자연의 모습과 비슷할 것이다. 그곳에서 아무 걱정도 없이 행복하게 뛰어노는 아담과 하와가 떠오른다. 하나님이 창조하신 이 세상을 마음껏 누리며 그저 무위도식하는 삶. 그렇지 않은가? 대부분의 사람이 비슷하게 생각할 것이다. 하지만 성경을 보자.

† 여호와 하나님이 그 사람을 이끌어 에덴 동산에 두어 그 것을 경작하며 지키게 하시고The Lord God took the man and put him in the Garden of Eden to work it and take care of it (창세기 2:15)

창세기 2장은 하나님이 만드신 에덴 동산에 관한 내용이다. 하나님께서는 에덴 동산에 생명나무를 두시고 강을 만드신 후 사람에게 그곳을 경작하라고 명하셨다. NIV 성경으로 보면 이 부분에 'To work'라고 기록되어 있는 걸 알 수 있다. 하나님이 아담에게 제일 먼저 하게 한 것이 바로 '일'이라는 것이다.

† 여호와 하나님이 그 사람에게 명하여 이르시되 동산 각종 나무의 열매는 네가 임의로 먹되 (창세기 2:16)

하나님께서 에덴 동산에서 일을 시키신 것은 사람에게 그 소유를 주시기 위해서였다. 즉, 우리의 유익을 위해 일하라고 명령하신 것이다. 일 자체가 죄나 저주의 결과가 아니라는 말이다. 요즘 많은 사람의 꿈이 '경제적 자유'가 되었다. 주변에도 파이어족(FIRE, Financial Independence, Retire Early의 첫 글자를 딴 조어로, 경제적 자립을 토대로 자발적 조기 은퇴를 준비하는 사람들을 뜻함)을 목표로 삼고 있는 사람들이 많다. 나 또한 마흔 이전에 은퇴하는 것을 꿈꾸기도 했다. 하지만 하나님은 우리가 그렇게 살아가길 원하지 않으신다.

† 누구에게서든지 음식을 값없이 먹지 않고 오직 수고하고 애써 주야로 일함은 너희 아무에게도 폐를 끼치지 아니 하려 함이니 우리에게 권리가 없는 것이 아니요 오직 스스로 너희에게 본을 보여 우리를 본받게 하려 함이니라

(데살로니가후서 3:8~9)

하나님께서는 바울을 통해 말씀하셨다. 우리가 일을 해야 하는 첫 번째 이유는 다른 사람들에게 짐이 되지 않기 위해서이고, 두 번째는 하나님이 우리가 일을 통해 그분의 자녀로 본보기가 되길 원하시기 때문이다. 나 역시 일을 통해 스스로 성찰하며 성장할 수 있었고, 일을 통해 많은 사람을 만나게 되었다. 또한 일을 정직하게 또 열심히 함으로써 선한 영향력을 키울 수 있었고, 덕분에 이렇게 하나님을 증거하는 책까지 집필하게 되었다.

† 무슨 일을 하든지 마음을 다하여 주께 하듯 하고 사람에게 하듯 하지 말라 이는 기업의 상을 주께 받을 줄 아나니 너희는 주 그리스도를 섬기느니라 (골로새서 3:23~24)

다만 일을 소명으로 받은 자들은 일의 크고 작음과 상관없이 일할 때 주님께 하듯 최선을 다해야 한다. 그것이 하나님 나라의 법칙이다. 일을 대할 때 사람들이 실수하는 것이 있다. 특히 계약직이나 아르바이트 같은 임시직일 때, '지금 일은 진짜 내 일이 아니니 대충 하다가 나중에 정규직이 되면 열심히 해야지'라고 생각하는 것이다. 또 '내가 왕년에 얼마나 잘나갔는데? 나는 이따위 일이나 할 사람이 아니야' 하면서 현재 하는 일을 하찮게 여기며 대충 때우기도 한다.

　　중국 유학을 앞두고 있을 무렵, 나는 서른한 가지 아이스크림을 파는 곳에서 잠시 아르바이트를 했다. 당시에도 나는 그 매장의 주인이라도 된 양 최선을 다해 일했다. 어떻게 하면 일을 덜 수 있을까가 아닌, 어떻게 하면 아이스크림을 더 많이 팔 수 있을까를 연구했다. 매장을 찾는 모든 손님을 친절히 응대하고 사장이 있건 없건 매장의 청결을 위해 구석구석을 살폈다. 일을 그만두고 한 달쯤 지났을 때, 사장님에게서 전화가 왔다. 다음 주에 딸 결혼식이 있어 온 가족이 부산으로 내려가야 하는데 가게 키를 맡길 만한 사람이 아무리 생각해도 나밖에 없다며, 하루만 와서 매장을 봐주면 안 되겠냐는 부탁이셨다. 그만큼 내가 그분에게 신뢰를 얻었다는 생각이 들어 흔쾌히 수락했다.

엄마 식당에서 일할 때도 최선을 다했다. 단 한 번도 그 식당이 내 것은 아니니 대충 하다가 좋은 곳에 취업이나 해야겠다고 생각하지 않았다. 단골손님마다 평소 그들이 좋아하는 반찬이 무엇인지 기억해 두었다가 방문하면 꼭꼭 챙기고, 혹여 다른 손님 때문에 인사할 타이밍을 놓쳤다면 음료수 서비스라도 제공하며 특별히 관리하고자 애썼다. 아침마다 식당에서 나오는 모든 음식의 맛을 보고, 조금이라도 식재료가 신선하지 않으면 과감히 폐기했다. 손님이 있든 없든 위생 관리에 철저했고, 행주를 만질 때마다 손을 씻어서 하루 동안 손을 수백 번 씻은 적도 있었다. 그것이 내가 주께 하듯 손님을 대접하는 방법이었다. 그런 하루하루가 쌓여 우리 식당은, 대통령까지 방문해 식사하는 식당이 되었다.

나는 그렇게 지나온 나의 시간 모두를 하나님이 지켜보고 계셨다고 믿는다.

† 무릇 높이는 일이 동쪽에서나 서쪽에서 말미암지 아니하
며 남쪽에서도 말미암지 아니하고 오직 재판장이신 하나
님이 이를 낮추시고 저를 높이시느니라 (시편 75:6~7)

하나님께서는 우리가 작은 일에 충성하였을 때 즐거워하
시며 우리에게 더 많은 것을 맡기시겠다고 말씀하셨다. 일
은 벌이 아닌, 하나님이 우리에게 허락하신 '유익'의 수단이
라는 걸 잊지 말자.

나의 것과 하나님의 것을 구별하라

　　돈의 많고 적음과 상관없이 우리는 재정의 사용 용도를 분류하여 쓰는 습관을 들여야 한다. 돈의 사용 용도는 크게 생활비, 부채상환, 저축, 세금으로 나눌 수 있다. 사업을 하고 있다면 부가세, 법인세, 종합소득세 등 각종 세금이 부채가 되지 않도록 별도의 세금 통장을 만들어 대비하는 것이 좋다. 어떤 종류의 빚이든 우리는 그것에서 벗어나 자유로워야 한다.

† 너희를 위하여 보물을 땅에 쌓아 두지 말라 거기는 좀과 동록이 해하며 도둑이 구멍을 뚫고 도둑질하느니라 (마태복음 6:19)

　이 말씀 때문에 많은 사람이 오해한다. 바로 돈을 '저축' 하는 것이 보물을 땅에 쌓아 두는 행위라고 해석하면서 성경적으로 옳지 않다고 여기는 것이다. 하지만 하나님은 우리에게 저축할 것을 권면하신다.

† 바로께서는 또 이같이 행하사 나라 안에 감독관들을 두어 그 일곱 해 풍년에 애굽 땅의 오분의 일을 거두되 그들로 장차 올 풍년의 모든 곡물을 거두고 그 곡물을 바로의 손에 돌려 양식을 위하여 각 성읍에 쌓아 두게 하소서 이와 같이 그 곡물을 이 땅에 저장하여 애굽 땅에 임할 일곱 해 흉년에 대비하시면 땅이 이 흉년으로 말미암아 망하지 아니하리이다 (창세기 41:34~36)

　이 구절을 보면 하나님은 인간이 위기에 대응해 미리 대비하는 것을 지혜롭게 여기신다는 것을 알 수 있다. 따라서 우리는 월 소득을 저축할 필요가 있다. 그렇다고 저축의 동기가 단순히 돈을 사랑하기 때문이어선 안 된다. 저축의 목적이 탐욕이 아닌 지혜로운 삶의 실현일 때, 하나님은 이를 기쁘게 여기신다.

생활비는 소득의 증가와 상관없이 가장 보수적인 수준으로 고정해 놓는 것이 좋다. 직장인의 경우 연차가 쌓일수록 연봉도 비례해 올라간다. 직장에 따라 분기별, 혹은 연말에 상여금을 주는 곳도 있다. 늘어나는 소득과 비례해 가장 큰 영향을 받는 것이 바로, 생활비다. 자본주의 사회에서 인간은 소득의 수준만큼 리스크를 감내하기 때문이다. 돈과 시간이, 돈과 체력이, 돈과 정신이, 돈과 지식이 교환된다는 말이다. 이에 따른 보상심리가 더해지면서 우리의 소비에 대한 욕구 역시 커지게 마련이다. 내 경우, 소득이 1년 만에 10배 늘었다. 물론 소득에 대한 대가로 나는 24시간 쉬지 않는 뇌와 시간을 내어 주었다. 돈을 쓸 시간조차 없어지게 되니 돈을 가장 빠르게 사용할 수 있는 쇼핑에 마음을 빼앗길 때가 많았다. '내가 얼마나 열심히 일하는데, 이 정도쯤이야' 하는 안일한 생각에 소비 수준이 급격히 올라갔고 한 번 올라간 생활비를 끌어 내리기란 좀처럼 쉽지 않았다. 이러한 이유로, 생활비는 소득의 증가율이 아닌 물가상승률 정도만 반영해 고정해 놓는 결단이 필요하다. 청지기는 하나님이 나의 수준보다 더 많은 물질을 허락하셨을 때 과소비와 사치가 아닌, 하나님 나라를 위해 사용해야 한다.

다만, 우리는 '헌금'과 '나눔'을 분별해야 한다. 하늘 창고에 저축할 수 있는 방법은 두 가지다. 하나님께 드리는 것과 가난한 자에게 나누는 것이다. 십일조를 제외하고도 다양한 항목의 헌금이 많다. 감사헌금, 주일헌금, 건축헌금, 절기헌금 등. 그럼 하나님께는 얼마를 드려야 적당할까? 십일조를 제외하고 성경은 이에 관한 정량적인 기준을 제시하지 않는다. 하지만 하나님께서는 각 사람에게 맞는 명확한 기준을 말씀하셨다.

† 각각 그 마음에 정한 대로 할 것이요 인색함으로나 억지로 하지 말지니 하나님은 즐겨 내는 자를 사랑하시느니라 (고린도후서 9:7)

양보다 중요한 것은 우리의 마음이다. 성경에 나오는 바리새인들은 정확한 금액을 헌금하는 것을 중요하게 생각했으나 하나님께서는 그들을 책망하셨다. 기쁨 없이 드리는 헌금은 하나님께서도 기쁘게 받지 않으신다. 헌금 시간에 그저 다른 성도들의 눈치가 보여서, 내 앞으로 다가오는 헌금 바구니가 부담스러워서 억지로 헌금을 낸 경험이 한 번쯤 있을 것이다. 그런데 하나님은 이를 원하시지 않는다. 나의 공급자이신 하나님께 감사하면서, 인색함 없이 기쁨으로 드릴 수 있는 분량을 정해보자. 우리의 마음을 보시고 다시 넘치게 부어 주실 주님의 능력을 믿는다면, 더는 헌금이 의무감이나 부담감으로 참여해야 할 의식이 아니게 될 것이다.

† 매 삼 년 끝에 그 해 소산의 십분의 일을 다 내어 네 성읍에 저축하여 너희 중에 분깃이나 기업이 없는 레위인과 네 성중에 거류하는 객과 및 고아와 과부들이 와서 먹고 배부르게 하라 그리하면 네 하나님 여호와께서 네 손으로 하는 범사에 네게 복을 주시리라 (신명기 14:28~29)

3년 끝 그 해 소산의 10분의 1을 계산해 보면 월 3.34%이다. 쉽게 말하면 매달 하루치의 소득을 어려운 이웃들과 나누라는 말이다. 그리하면 하나님께서 내가 하는 모든 일에 복을 주시겠다고 말씀하셨다.

✝ 그는 가난한 자와 궁핍한 자를 변호하고 형통하였나니 이것이 나를 앎이 아니냐 여호와의 말씀이니라 (예레미야 22:16)

하나님을 아는 자는 마땅히 가진 것을 가난한 자들과 나눌 수 있어야 한다. 이 땅에 오신 예수님은 시종일관 어려운 자들을 위해 나누는 삶을 보여주셨다. 우리가 나눔에 힘써야 하는 이유는 그것이 예수님을 닮아가는 하나의 방법이기 때문이다. 또한 예수님은 언제나 가난한 이들과 자신을 동일시하셨다.

✝ 이에 임금이 대답하여 이르시되 내가 진실로 너희에게 이르노니 이 지극히 작은 자 하나에게 하지 아니한 것이

곧 내게 하지 아니한 것이니라 하시리니 그들은 영벌에,
의인들은 영생에 들어가리라 하시니라 (마태복음 25:45~46)

이 성경 구절에 따르면, 주변의 어려운 사람들을 돌아보
지 않는 것은 주리고 목말라하는 예수님을 버려두는 것과
다름없다. 하나님은 절대 돈이 필요한 분이 아니다. '내 돈'
따위 없어도 하나님은 그분의 뜻을 언제든 완벽하게 이루어
가신다. 하지만 우리가 내 것과 하나님의 것을 힘 써서 분별
해야 하는 것은 하나님이 고작 물질 때문에 우리가 그분과
멀어지는 것을 원하지 않으시기 때문이다. 우리가 물질과
나 자신의 주인 되시는 하나님을 인정하며 맡은 직분을 잘
감당하고, 하나님께 충성할 청지기로서 이 땅을 살아가는
것, 그것이 청지기로 우리를 부르신 하나님의 뜻이다.

✝   한 사람이 두 주인을 섬기지 못할 것이니 혹 이를 미워하
    고 저를 사랑하거나 혹 이를 중히 여기고 저를 경히 여김
    이라 너희가 하나님과 재물을 겸하여 섬기지 못하느니라
    (마태복음 6:24)

물질은 우리에게 맡겨진 것일 뿐 절대 내 것이 아니다. 그러니 나에게 허락된 것과 하나님의 것을 철저히 분별하자. 주인의 것을 탐내는 종은 결국 그 집에서 쫓겨날 수밖에 없다. 하나님은 우리에게 얼마의 돈이 있는지보다 우리가 돈을 어떻게 사용하는지에 관심이 있으시다. 하나님은 돈을 값지게 사용하는 자에게 돈을 값없이 주실 준비가 되어 있는 분이심을 잊어서는 안 된다.

근거 있는 자신감

하나님의 은혜가 차고도 넘치는 삶을 살았지만, 나의 신앙에는 늘 기복이 있었다. 전능하신 하나님이 나의 아빠임을 잊어버리고 하나님이 계시다면 내 삶이 이럴 순 없다며 원망하는 순간이 있었는가 하면, 어떻게든 내 힘과 능력으로 해낼 수 있으리라 착각하면서 하나님보다 나를 더 믿었던 날도 있었다.

이처럼 하나님과 연결된 줄은 고단한 삶 가운데 느슨해지기 일쑤였다. 하지만 그 줄을 먼저 당기는 건 언제나 하나님이셨다. 나의 하나님은 다정하고 긍휼이 풍성하신 분이셨다. 목사님의 말씀으로, 유튜브 영상으로, 누군가의 간증으로, 스치듯 지나간 책으로 그리고 하나님이 창조하신 이 세상의 피조물들로 하나님은 언제나 나를 더 가까이 부르시고 내가 그분을 떠나지 않도록 그 줄을 꼭 붙잡고 계셨다.

중국 유학을 마치고 한국으로 돌아왔을 때, 나는 친한 동생과 함께 어느 선교사님이 진행하시는 부흥 집회에 참석했다. 선교사님은 우리가 선교를 꿈꾸며 이 일에 동참해야 하는 이유에 대해 이야기하셨고 마지막에는 선교를 위해 헌신할 의사가 있는 사람은 단상 앞으로 나오라고 하셨다. 예배를 드리는 동안 내면에서 뜨거운 무엇인가가 불쑥 올라오는 걸 느낀 나는 고달픈 내 인생의 문제를 해결할 방법은 이것밖에 없다는 생각이 들었다.

'어쩌면 하나님이 내가 선교사가 되길 원하시는 게 아닐까?'

나는 친한 동생에게 하나님이 날 부르시기 위해 이 집회에 참석하게 하신 것 같다고 하면서 떨리는 마음으로 단상 앞으로 나갔다.

"선교사님, 제 삶을 헌신하겠습니다. 주님이 가라고 하시는 곳에 가서 선교사역에 함께하겠습니다!"

이렇게 말하는 내 목소리가 달달거렸다. 내 고백을 들은 선교사님은 지그시 나를 한번 바라보시더니 대답하셨다.

"자매님, 조금 더 기도해 보시죠"

나는 씩씩거리며 울면서 집으로 돌아왔다. 하나님을 향한 내 헌신의 마음까지 거절당한 기분이 들어서였다. 도대체 내 앞날에 무엇이 있는 건지, 뭐가 있긴 한 건지 한 치 앞도 보이지 않는 기간이 그 후로도 오래 지속되었다. 하지만 시간이 아주 많이 흐르고 난 뒤에 깨달았다. 그날, 그 밤, 하나님께서 내 마음을 받아주셨다는 것을. 그리고 내 삶이 하나님의 세밀한 계획 아래 있었다는 것도.

돈과 행복이 관계가 없다는 말은 철저히 거짓이다. 이 세상엔 돈으로 해결할 수 있는 것들이 넘쳐난다. 또 '돈 많은 언니'라는 타이틀만으로 날 만나고 싶어 하는 사람이 많아졌다. 돈으로 영향력도 살 수 있는, 돈이 신을 대신하는 시대다. 따라서 분별하지 않고 정신을 똑바로 차리지 않으면 하나님보다 돈을 더 중시하는 내가 될 수도 있겠단 생각을 했다. 고난의 시절 하나님이 함께해 주시지 않았다면, 나 역시 영원하지 않은 것을 위해 영원한 것을 포기하는 어리석은 사람이 되었을지 모른다.

　돌이켜보면 내 삶에 버릴 게 하나도 없다. 내가 낭비했다고 여긴 시간들마저 하나님의 계획 안에 예정된 일이었다. 언제나 하나님의 타이밍은 내 생각보다 절묘하고 완벽했다. 신앙이 성장하며 과거에는 구한 적 없던 새로운 기도 제목도 생겼다.

　"하나님, 제 안에 절대적 평안을 주세요! 하나님을 향한 온전한 믿음으로 그 어떤 상황에도, 그 어떤 변화에도 흔들리지 않는 주님의 평안이 제 안에 가득 차게 해주세요."

그동안 신앙 생활을 하며 '평안'이라는 단어를 얼마나 많이 들었던가? 그런데 이제야 진정한 하나님의 평안에 대해 깊이 묵상할 수 있게 되었다. 그리고 그 평안이 얼마나 귀한 것인지 깨달았다. 앞으로의 인생은 예측 불가능하다. 불과 1시간 뒤의 일도 모르는 게 우리다. 내일의 나는? 그 누구도 장담할 수 없다. 하지만 나보다 나를 더 사랑하시는 하나님을 믿기에 알 수 없는 미래를 더는 두려워하지 않는다. 그리 아니하실지라도 그리고 그리 하실지라도 이미 하나님의 완벽한 로드맵 안에 내가 존재하기 때문이다. 하나님께 '잘' 쓰임받는 청지기가 되고 싶다. 그래서 오늘도 하나님 앞에 부끄럽지 않을 만큼 열심히 하루를 쓴다.

✝　태초에(시간) 하나님이 천지를(공간) 창조(물질)하시니라
　　(창세기 1:1)

　　이처럼 하나님은 시간과 공간과 물질을 동시에 창조하셨다. 다만 그중 인간 모두에게 공평하게 주신 것은 하루 24시간이라는 시간뿐이다. 어디에서 어떤 환경에서 태어났는지

는 다르더라도 하나님은 우리에게 똑같은 하루의 시간을 주신다. 그러니 우리는 우리에게 주어진 시간에 최선의 삶을 살면 된다. 그렇게 하면 나머지는 하나님의 계획 속에서 아름답게 완성될 것이다.

신용불량자에서 '돈 많은 언니'로 변화시켜 주신 하나님, 화장실도 없는 서울의 쪽방에서 벗어나 남 부럽지 않은 '내 집'을 갖게 하신 하나님, 십일조 2만 원도 버겁던 내게 교회에서 가장 많은 십일조를 내는 목표를 갖게 하신 하나님, 관리할 돈조차 없이 가난에 허덕이던 나를 하나님의 재물을 관리할 청지기로 세워주신 하나님, 한 달 벌어 한 달 먹고살던 나를 하나님의 기업가로 세우신 하나님, 나의 꿈이 아닌 하나님의 비전을 위해 살게 하신 하나님, 내 삶 가운데 여전히 역사하고 계심을 보여주시는 하나님, 그리고 부족한 내 삶을 통해서도 영광 받으시는 하나님.

이 하나님을 찬양한다. 나는 이영 작사가와 권미성 작곡가가 만든 '깊어진 삶을 주께 드리네'라는 찬양을 좋아한다.

찬양에서 내가 가장 좋아하는 가사는 '하나님의 자녀로 명예 지켜가며 깊어진 삶을 주께 드리네'이다. 이 한 줄의 가사가 내 남은 삶의 목표가 되었다. 하나님의 명예를 지켜가는 삶, 내게 허락하신 것들을 다시 하나님께 돌려드리는 삶! 그리고 하나님이 나를 위해 예비하고 계획하신 것들을 기대하는 삶! 생각만으로도 가슴이 두근거린다.

만약 이 책을 읽는 사람 중 아직 하나님을 믿지 않는 사람이 있다면 내가 만난 이 놀라우신 하나님을 꼭 경험해 보길 바란다. 그 어떤 자격도 필요 없다. 이것이 우리를 향해 값없이 주시는 하나님의 사랑이다. 하나님은 지금 당장이라도 당신을 만나주신다. 그저 이 한마디면 된다.

"하나님, 당신을 알기 원하니 저를 만나주세요."

내가 만난 하나님이 나만의 하나님이 아님을, 이 책에 기록한 일들이 특별한 누군가의 경험담이 아님을 기억해 주길 바란다. 하나님께서 내 삶에 놀라운 일들을 계획하셨듯, 당신의 삶도 하나님의 로드맵 안에 이미 계획되어 있다. 그분의 완벽한 연출을 기대해도 좋다.

하나님이라는 든든한 '빽'을 두고 이 세상을 살아가기에, 내게 있는 자신감은 진정 근거 있는 자신감이라는 걸 고백한다. 당신에게도 그런 자신감이 생겨나길 바라는 마음이다. 영원하신 나의 하나님, 감사합니다.

2022년 8월, 알에이치코리아 출판사의 한 편집 팀장으로부터 출간 제안 메일을 받았다. 나는 이미 《인스타마켓으로 '돈많은언니'가 되었다》라는 SNS/마케팅 분야의 첫 번째 책을 낸 상태였고, 이 책을 낸 뒤에도 앞으로 남은 인생에서 책 3권 정도는 더 써야겠다고 생각하고 있었다. 사실 특별한 목적이 있어서라기보다, 자라나는 아이에게 책을 쓰는 엄마의 모습을 보여주는 것도 멋질 것 같아서였다. 이는 동시에 내가 책으로 쓸 만한 일들을 계속해야 한다는 의미이기도 했다.

그러면서 나는 막연히 두 번째 책은 대중이 읽을 수 있는 자기계발서를 써야겠다고 생각했다. '종합 베스트셀러 작가'라는 타이틀을 얻고 싶다는 마음도 컸다. 그사이 다수의 출판사로부터 도서 출간 제안을 받았지만, 일단 원고가 완료되면 그때 적합한 출판사를 찾아야겠다는 생각으로 들어오는 미팅 제안을 정중히 거절하고 있었다. 그런데 알에이치코리아의 팀장님과는 그냥 한번 만나보고 싶다는 생각이 들었다. 경제·경영 분야의 베스트셀러 도서를 많이 기획하고 편집한 분이기도 했기에 알아두면 좋을 것도 같아 미팅 날짜를 잡았다.

그런데 팀장님이 나를 만나서 제안한 콘셉트는 예상과는 전혀 달랐다. 나에게 신앙 에세이를 제안한 것이다. 알에이치코리아 같은 종합 출판사에서 종교 서적이라니! 게다가 팀장님은 아직 신앙서 출간에 대한 상부의 허락도 받지 않은 상태였는데, 내가 마음만 먹어준다면 본인이 어떻게든 설득해 출간까지 진행해 보겠다고 했다(그 약속을 지켜준 팀장님에게 감사하다).

하지만 당시 나는 그 제안을 단칼에 거절했다. 두 가지 이유가 있었는데, 첫 번째는 누구나 읽을 만한 책을 쓰고 싶어서였다. 만약 기독교 신앙 서적으로 분류되는 순간, 넌크리스천에게 내 책은 재고의 가치도 없는 존재가 될 것이었다. 그리고 더 큰 두 번째 이유가 있었는데, 그것은 내가 신앙 에세이를 쓸 만한 자격을 갖추지 못했기 때문이었다. '내가 감히?'라는 생각이 든 것이다.

"현승원 의장만큼 하나님이 저를 키워주신다면, 그때 생각해 보겠습니다."

칼 같은 거절에 팀장님은 쓸쓸히 발길을 돌렸다. 얼마 지나지 않아 국제어린이양육기구인 컴패션 70주년 기념 예배에 초대받았다. 70주년을 기념하며 홍보대사인 배우 차인표 씨의 간증 나눔이 있었다. 60주년 때도 그의 간증을 들었던 기억이 어렴풋 떠올랐다. 문득 컴패션 80주년에는 내가 저 자리에 있으면 좋겠다는 생각이 들었다. 지금 생각해도, 참 거룩하고도 거대한 욕심이다. 얼토당토않은 꿈이라 자조하면서도 나는 기도했다.

"하나님, 저는 왜 저 자리가 욕심이 날까요? 그런데 저를 이렇게 욕심 많은 존재로 만드신 것도 하나님이시잖아요. 이런 꿈을 꾸게 만드신 것도 하나님이니, 꼭 10년 뒤엔 제가 저 자리에 설 수 있게 해주세요! 그러려면 제가 어떻게 해야 할까요?"

그 순간 하나님이 내게 딱 한마디 음성을 들려주셨다.

"책을 써라."

집으로 돌아오는 내내 하나님의 음성이 귀에 맴돌았다. '내가 잘못 들었나? 그럴 리 없잖아. 내가 무슨 신앙 서적이야!' 속으로 '아닐 거야'란 말을 되뇌며 집에 도착하자마자 남편에게 이를 털어놓았다. 남편은 본인도 기도해 보겠다고 하더니 잠시 후 기도를 마치고 돌아와 말했다.

"신앙 에세이, 쓰는 게 좋을 것 같아. 이게 하나님의 음성 인지는 모르겠지만 자기가 쓰면 분명 하나님을 믿지 않던 사람들도 읽어볼 수 있을 것 같아."

남편의 이 한마디에 나는 집필을 결정했다. 하지만 책을 쓰는 내내 나의 자격에 대한 의구심이 계속 들었다. CBS 〈새롭게 하소서〉만 봐도 대단한 신앙과 경험을 간증하는 분들이 많은데, 그에 비해 나는 상대적으로 너무 작게만 느껴졌다. 책을 집필하면서 자연스럽게 많은 크리스천의 책들을 읽어보았는데 아무래도 내가 이런 책을 쓴다는 건 분수에 맞지 않은 것 같았다.

어찌어찌 도서 출간 계약을 하고 원고 마감에 대한 압박을 받으며 글을 써가는 와중에도, 혹시 그때 들은 하나님의 음성이 내 착각은 아니었을까 의심이 들었다. 그런데 하나님께서 말씀을 통해 내게 다시 응답하셨다.

† 여호와께서 내게 이르시되 너는 아이라 하지 말고 내가 너를 누구에게 보내든지 너는 가며 내가 네게 무엇을 명

령하든지 너는 말할지니라 너는 그들 때문에 두려워하지 말라 내가 너와 함께하여 너를 구원하리라 나 여호와의 말이니라 하시고 여호와께서 그의 손을 내밀어 내 입에 대시며 여호와께서 내게 이르시되 보라 내가 내 말을 네 입에 두었노라 (예레미야 1:7~9)

책을 집필하며 그 과정에서 만난 하나님의 은혜가 이미 내 삶에 가득하다. 하지만 나는 또 다른 기대를 품는다. 하나님께서 이 책을 통해 역사하실 그 일들을. 어린아이같이 연약하고 보잘것없는 나의 이 작은 믿음을 하나님께서 어떻게 사용하실지 알 수 없다. 하지만 확신한다. 내가 언제나 그분의 완벽한 로드맵 안에 있다는 것을.

이 책을 통해 오직 하나님만 영광 받으시길 간절히 바라며, 당신을 향한 하나님의 완벽한 로드맵 안으로 당신이 지금 당장 들어와 보길 바란다. 마지막으로 이 자리를 빌려, 이 세상 그 무엇과도 바꿀 수 없는 믿음의 유산을 내게 물려주신 아빠와 엄마에게 진심으로 감사하다는 말을 전한다. 그리고 사랑한다는 말도.

버려지는 시간은 없다

1판 1쇄 발행 2023년 8월 8일
1판 3쇄 발행 2024년 1월 15일

지은이 염미솔

발행인 양원석 **편집장** 박나미
디자인 남미현, 김미선 **영업마케팅** 조아라, 이지원, 정다은, 한혜원

펴낸 곳 ㈜알에이치코리아
주소 서울시 금천구 가산디지털2로 53, 20층 (가산동, 한라시그마밸리)
편집문의 02-6443-8865 **도서문의** 02-6443-8800
홈페이지 http://rhk.co.kr
등록 2004년 1월 15일 제2-3726호

©염미솔 2023, Printed in Seoul, Korea

ISBN 978-89-255-7621-3 (03810)